우연은 없다

우연은 없다

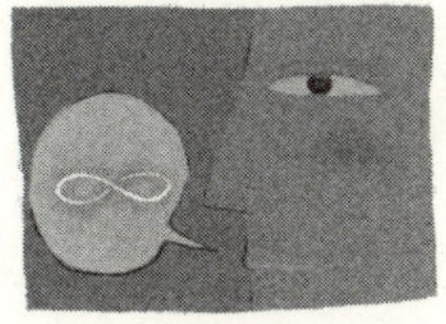

스콰이어 러쉬넬 지음 | 도솔 옮김

|참솔|

도솔

서울대학교 외교학과와 동 대학원을 졸업했으며,
전문번역가로 활동하면서 우리에게 깨달음을 주는 책을 소개하고 있다.
옮긴 책으로 〈공중을 나는 철학자〉 〈오리온 미스터리〉
〈오른손이 하는 일을 오른손도 모르게 하라〉 등이 있다.

우 연 은 없 다

펴낸날 2001년 11월 30일 1판 1쇄
　　　　　2002년 　1월 30일 1판 2쇄

지은이 스콰이어 러쉬넬
옮긴이 도 솔
펴낸이 김혜숙
펴낸곳 도서출판 참솔
등록번호 제8-244호
등록일 1998년 5월 13일
주 소 121-718 서울시 마포구 공덕동 404 풍림빌딩 521호
대표전화 3273-6323
팩시밀리 3273-6329
e-mail chamsoul@hanmail.net

값 8,700원
ISBN 89-88430-22-0 03840

우연은 신이 겸손히 가장하는 것

〈인생이 하나의 놀이라면, 이것이 그 놀이의 규칙이다〉라는 책
을 쓴 체리 카터 스코트는 다음과 같이 말하고 있다.

당신에게는 육체가 주어질 것이다.

당신은 경험을 통해 배울 것이다.

실패는 없다, 오직 배움만이 있을 뿐.

충분히 배우지 못하면, 당신에게는 그 경험이 언제까지나 반복
될 것이다.

배움에는 끝이 없다.

'이곳' 보다 더 나은 '그곳' 은 없다.

다른 사람들은 모두 당신을 비추는 거울이다.

어떤 삶을 만들어 나갈 것인가는 전적으로 당신 자신에게 달려
있다.

당신에게 필요한 해답은 모두 당신 안에 있다.
그리고 태어나는 순간, 당신은 이 모든 사실을 잊을 것이다.

삶은 누구에게나 신비와 미지의 일들로 가득 차 있다. 따라서 매순간을 소중히 여기고, 주위 모든 것들 속에서 신을 발견하고, 생의 다음 순간에 다가오는 것들을 가슴을 열고 맞이하라고 영적 스승들은 가르친다. 그리고 살아 있는 모든 것들을 좀더 나은 것으로 만들고, 자기 안에 있는 치료의 힘을 발견하라고.

생은 우연한 일들의 연속이지만, 그 우연은 곧 신이 보낸 안내자나 다름없다. 그 안내자를 신뢰하고, 설령 멀리 삶을 내다볼 수 없을지라도 두려워하지 말라고 이 책은 말하고 있다. 때로는 안개와 어둠이 쌓인 길을 헤드라이트도 없이 차를 운전하는 것 같은 느낌이 드는 것이 우리의 삶이다. 그럴 때 자신의 마음속 목소리에 귀 기울이고, 우주가 매순간 우리를 돕고 있음을 신뢰하라는 것이 이 책의 가르침이다.

실수는 없다. 오직 배움만이 있을 뿐이다. 단, 실수로부터 배움을 얻지 못하는 것이야말로 가장 큰 실수다. 무엇이 성공인가? 언제나 작은 우연들과 신비에 놀랄 준비를 하고, 자신이 내딛는 매번의 발걸음을 신뢰하는 것, 열린 마음으로 작별을 고하고 상처받을 것을 두려워하지 않고 새로운 만남을 맞이하는 것, 그것이 성공이다. 또한 아직 일어나지 않은 미지의 일들 속에 우주가 나를 위해 놀라운 마술을 준비하고 있음을 믿는 일이다.

자신이 원하는 것을 우주에게 말하라. 그리고 우주를 신뢰하

라. 그러면 우주는 매순간 우연한 일들을 일으켜 해답을 보낼 것이다.

작가 래인 파슨즈는 이렇게 말하고 있다.

"모든 것을 이해하려고 하지 말라. 어떤 것은 결코 이해할 수 없을 테니까. 다만 어떤 것을 더 나은 것으로 바꾸는 데 두려워하지 말라. 당신 자신도 그 결과에 놀랄 테니까."

또한 그는 말한다.

"혼자라고 생각하지 말라. 언제나 누군가 당신의 손을 잡아 줄 테니까. 단, 당신이 먼저 손을 내밀라. 상상할 수 있다면 많은 것들을 이룰 수 있음을 잊지 말라. 단, 상상하라. 때로 그것이 불가능해 보일지라도."

신이 우리를 위해 매순간 우연이라는 선물을 준비하듯이, 이 책은 옮긴이에게도 뜻밖의 우연한 작업이었다. 당신 역시 이 책을 펼쳐 읽음으로써 우연의 선물을 받은 것이다. 지금 그 선물을 열어 보기만 하면 된다.

옮긴이 도솔

| **차례** |

우연은 신이 보내는 신호

인간이라는 존재는 여인숙과 같다.
매일 아침 새로운 손님이 도착한다.

기쁨, 절망, 슬픔
그리고 약간의 순간적인 깨달음 등이
기대하지 않았던 방문객처럼 찾아온다.

그 모두를 환영하고 맞아들여라.
설령 그들이 슬픔의 군중이어서
그대의 집을 난폭하게 쓸어가 버리고
가구들을 몽땅 내가더라도.

그렇다 해도 각각의 손님을 존중하라.
그들은 어떤 새로운 기쁨을 주기 위해
그대를 청소하는 것인지도 모르니까.

어두운 생각, 부끄러움, 후회
그들을 문에서 웃으면서 맞으라.
그리고 그들을 안으로 초대하라.
누가 들어오든 감사하게 여겨라.
왜냐하면 모든 손님은 저 멀리에서 보낸
안내자들이니까.

〈여인숙〉
잘랄루딘 루미(회교 신비주의 시인)

신이 윙크를 보낸 이야기

운명은 우연이 아니라 선택이다.
그것은 기다려야 할 것이 아니라, 성취해야만 하는 것이다.

월리엄 제닝스 브라이언

여러 해 동안 잊고 있던 누군가를 떠올렸는데, 바로 다음날 그 사람과 우연히 마주친 적은 없는가?

또는 일자리를 잃거나 시험에 떨어져서 우울해 있는데, 오히려 그것이 계기가 되어 얼마 뒤 훨씬 더 좋은 기회를 붙잡은 적은 없는가?

당신은 이 모든 것을 우연한 일로 돌리려다가, 문득 스스로에게 이렇게 말한 적은 없는가?

'아무래도 이상해. 이 모든 것이 단순한 우연일까, 아니면 우연 이상의 어떤 것이 작용한 걸까?'

다른 건 제쳐 놓고라도, 무엇이 당신으로 하여금 지금 이 책을 집어들게 만들었는가?

단순한 우연인가?

아니면 당신 자신에 대해 더 많이 알고, 내가 '신의 윙크God Wink'라고 부르는 신비의 안내자에 대해 더 배우도록 하기 위해 어떤 힘이 당신을 지금 이 순간으로 데려온 것일까? 당신을 누군가와 만나게 하고, 새로운 방향으로 인도하며, 당신이 전혀 기대하지 않았던 뜻밖의 상황에 당신을 데려다 놓는 그 신비의 안내자 말이다.

당신은 이제, 당신이 지금까지 의심해 오던 어떤 것에 대해 뜻밖의 해답을 발견하게 될 것이다. 당신 삶에 일어나는 우연이라는 것은 사실 당신에게 보내는 신의 윙크이며, 당신을 위해 특별히 설계된 더 넓은 길로 당신을 들어서게 하기 위한 작은 메시지라는 것을.

이 책은 당신의 자기 발견을 위한 중요한 지침서가 될 것이다.

❧ 첫번째 장에서, 당신은 신비의 사실에 눈 뜨는 법을 배울 것이다. 그리하여 하나의 큰 우주적인 힘이 지금까지 당신의 삶에 작용해 왔음을 깨달을 것이다.

❧ 두번째 장에서, 당신은 당신이 우연이라고 여기는 일들을 통해 당신의 삶을 더 풍요롭게 만드는 법을 배울 것이다. 나아가 당신 스스로 우연한 일들이 일어나도록 만드는 법, 다시 말해 당신이 원하는 것에 따라 신이 윙크를 하게 만드

는 법을 배울 것이다. 그리고 신의 윙크에서 위안을 얻고, 그것을 통해 자신들의 꿈을 이룬 많은 사람들의 이야기를 읽게 될 것이다.

❀ 마지막 세번째 장은, 인간 관계에서부터 경력에 이르기까지, 그리고 영화에서부터 스포츠에 이르기까지 신이 보내는 윙크가 삶의 모든 부분에서 우리를 안내하고 있음을 말해 주는 감동적인 이야기들을 엮은 것이다.

당신의 삶 속에서 '신의 윙크'를 발견하는 이 놀라운 일을 시작하기에 앞서, 나는 당신에게 당신이 지금까지 한 번도 상상하지 않았던 놀라운 가능성들을 향해 마음을 열어 놓기를 부탁하고 싶다. 그래서 지금은 아득히 멀어 보일지도 모르는 꿈과 목적지를 향해 과감하게 첫걸음을 내디딜 수 있기를 바란다.

자, 이제 책장을 넘기고, 멋진 여행을 떠나자.

신의 윙크를 찾아라

세상에 사는 거의 모든 사람들이 분명하진 않아도 우연에는 눈에 보이는 것 이상의 어떤 힘이 작용한다고 막연히 추측한다. 이 책을 쓰기 위해, 나는 여러 해에 걸쳐 수십 명의 사람들과 인터뷰를 하고, 우연에 얽힌 수백 가지의 일화들을 수집했다. 내가 이렇게 한 이유는 사람들이 자신의 삶에서 일어나는 우연한 일들을 새로운 시각으로 이해한다면 훨씬 풍요로운 삶을 살게 되리라고 확신했기 때문이다.

　내가 수집한 이야기들의 공통점은, 우연한 사건은 한 번으로 그치는 경우가 매우 드물다는 사실이다. 많은 이들이 우연한 사건은 한꺼번에 몰려서 일어나거나, 꼬리에 꼬리를 물고 일어나는 것 같다고 말했다. 작가이며 미래학자인 피터 러셀은 이것을 '우연의 신비 고리'라고 불렀다. 그리고 동시성 이론(우연의 일치와 관련된 학술적 이론)에 대한 유명한 이론가인 아더 쾨슬러는 '우연한 사건들 속의 우연한 고리'라는 말을 사용했다.

　이 책에서 나는 기회 있을 때마다 당신에게 고고학적인 발굴을 하듯 당신이 살아온 삶을 자세히 되짚어 보라고 요구할 것이다. 만일 그렇게 할 수 있다면, 당신은 모든 인간 관계와 당신이 지금까지 해온 일, 당신 삶의 오르막길과 내리막길을 결정지은 일련의 우연들을 발견하고는 무척 놀랄 것이다.

　지금까지의 삶에서 당신이 받은 '신의 윙크'들을 표시해 나가다 보면, 당신은 그것들이 삶의 중요한 전환점에서 특히 많아졌음을 알게 될 것이다. 이를테면 사랑하는 사람을 잃거나 새로운 연인을 발견했을 때, 실직이나 승진처럼 직장 생활의 갈림길에 서 있었을 때, 그리고 생각지도 못한 일이 일어나 완전히 다른 길로 나아가게 되었을 때, 그때마다 더 많은 신의 윙크가 있었을 것이다.

　삶에서 일어나는 우연한 일들(실제로는 전혀 우연이 아니지만)을 민감하게 알아차릴 때, 당신은 자신이 선택한 길에 대해 확신을 갖게 될 것이다. 뿐만 아니라, 아무리 자주 외로움이 밀려온다 해도 자신이 결코 혼자가 아니라는 사실을 깨달을 것이다. 저 하늘 어딘가에는 우주를 안내하는 시스템이 있으며, 그 레이더 스크린에 당신의 모습이 나타나 있는 것이다.

열일곱 살에 받은 신의 윙크

한 번은 내 삶의 방향을 바꿔 놓은 일들을 생각하다가, 문득 하나의 영감이 떠올랐다. 그동안 내게 일어난 우연한 사건들을 나열한다면, 지금까지 내가 받은 신의 윙크를 순서대로 정리할 수 있을 것이라고.

나는 먼저 내가 커서 무엇이 되고 싶은가를 최초로 깨달았던 순간을 떠올렸다. 그 일은 내가 초등학교 6학년 때 일어났다. 우연한 기회에 라디오 방송국을 방문한 나는 그곳에 완전히 마음을 빼앗겼다. 그래서 나는 어른이 되면 반드시 라디오 아나운서가 되기로 결심했다.

그때부터 고등학교 1학년 때까지 거의 4년 동안 나는 마이크 대신 긴 빗자루를 잡고 끝없이 떠들어대면서 형을 미치게 만들었다. 그리고 날마다 집이 떠나가라 큰 소리로 신문을 읽었으며, 데이비드 브링클리(유명한 텔레비전 사회자)처럼 중후한 저음의 목소리를 내기 위해 안간힘을 썼다.

하지만 나의 진정한 영웅은 한 라디오 방송에서 아침 방송을 진행하는 남자였다. 그 방송국은 뉴욕 주 아담스 센터에 위치한 아담한 우리 마을에서 남쪽으로 100킬로미터 떨어진 곳에 있었다. 그리고 그의 이름은 딘 헤리스였다. 그는 그야말로 에너지가 넘치는 디스크 자키였다. 그는 걸핏하면 청취자들에게 자리를 박차고 일어나 자신이 틀어 주는 음악에 맞춰 '식탁을 돌면서 춤을 출 것'을 명령하곤 했다. 나는 날마다 식구들이 아침을 먹는 식탁 옆에서 긴 빗자루를 붙잡고 열심히 그를 흉내냈고, 그럴 때마다 형은 내게 핫케익 상자를 날려 보내곤 했다.

그 우연한 일이 일어났을 때, 나는 열일곱 살이었다. 그날은 내게 매우 중요한 날이었다. 나는 온갖 애를 써서 WCNY 텔레비전의 경영자인 짐 히긴스와 면접 시험을 볼 기회를 얻어냈다. 그 방송국은 워터 타운에서 북쪽으로 15킬로미터 떨어진 곳에 있었다. 내가 이용하려는 교통 수단은 히치 하이킹이었다. 그 무렵은 남의 차를 얻어타는 일이 비교적 안전하던 때였다.

한적한 시골 도로 위를 차들이 이따금 바람을 일으키며 지나갔다. 하지만 어떤 차도 나를 위해 멈춰 서지 않았다. 약속 시간이 점점 다가오자, 나는 입술이 마르며 초조해지기 시작했다.

그때 초록색 폴크스바겐 차가 갑자기 인도 쪽으로 방향을 틀더니, 내 앞에 멈춰섰다.

그리고는 차문이 활짝 열렸다.

즐거운 표정의 대머리 남자가 손가락을 까닥이며 나를 부르더니 목적지를 물었다. 나를 태워 주려는 그의 마음이 너무도 고마워, 나는 행선지뿐 아니라 내가 왜 그곳에 가려고 하는가까지도 침을 튀겨 가며 설명했다.

목적지에 도착해 내가 막 차문을 열려고 할 때였다. 그 남자가 불쑥 손을 내밀어 악수를 청하며 말했다.

"짐 히긴스 사장에게 내가 안부를 전하더라고 말해 주렴."

내가 영문을 몰라 하며 쳐다보자, 그가 말했다.

"내 이름은 딘 헤리스다."

생각해 보라. 그날 나를 태워다 줄 수 있었던 모든 사람들과 나를 지나쳐간 수많은 차들 중에서, 내 앞에 차를 세운 사람이 바로 나의 영웅 딘 헤리스였던 것이다. 텔레비전 방송국에서 첫 일자리를 얻기 위한 너무도 중요한 면접 시험에 나의 영웅이 나를 데려다 준 것이다.

오직 꿈만 꾸고 있던 나이 어린 히치 하이커에게 그 우연한 사건은 꼭 필요한 순간에 용기를 불러일으켜 준 분명한 신의 윙크였다. 그 이후, 나는 그 일이 떠오를 때마다 신비에 차서 마음속으로 되묻곤 했다. 어떻게 그런 놀라운 우연이 일어날 수 있었을까? 수학적으로 따져도 그런 일이 일어날 확률은 거의 제로에 가까웠다.

돌이켜보면 그 신비한 경험에는 어떤 메시지가 담겨 있었다. 우연한 일은 그냥 일어나지 않으며, 우연한 사건들은 우리의 인생길에 세워진 뚜렷한 이정표라는 것이다. 더불어 그 사건은 우리 모두가 어떤 강력한 힘의 안내를 받아 운명을 향해 나아가고 있음을 분명히 보여 주었다.

내가 방송국에 첫발을 들여 놓았을 때 받은 그 신의 윙크는 다른 것들에 비하면 사실 사소한 것에 불과했지만, 그 안에는 내 인생을 바꿔 놓을 만한 강력한 메시지가 담겨 있었다. 그 신의 윙크는 내게 말하고 있었다. 결코 확신을 잃지 말라고, 그리고 내가 선택한 길을 계속 나아가라고, 그렇게 하면 언젠가는 모든 일이 잘 풀릴 거라고.

아, 물론 그날 나는 취직이 되었다.

우연 속에 해답이 있다

나의 이야기를 듣고 당신 역시 자신의 삶 속에 잊혀져 있던 우연한 일들, 다시 말해 하늘이 당신에게 보낸 수많은 윙크들을 발견할 수 있기를 바란다.

무엇보다도 당신의 일과 관련된 커다란 사건들을 생각해 보라. 실제로 일어난 사건은 물론이고, 당신이 단지 꿈만 꾸었던 일이라 해도 상관없다.

불빛을 약간 어둡게 하고, 손에는 연필을 잡고, 편안한 의자에 앉아 최초의 기억들을 더듬어 보라. 연필이 움직이는 대로 아무 것도 고치지 말고 계속 써내려가라. 그동안 잊고 있던 삶의 중요한 전환점들이 기억나면서 당신은 무척 놀랄 것이다.

어른이 되면 무엇이 되겠다고 결심한 최초의 순간을 기억해 보라.

그때 당신은 몇 살이었는가? 당신은 어디에 있었는가? 당신 곁에는 누가 있었는가?

당신이 자신의 일을 선택하고 평생 어떤 일에 관심을 갖도록 강한 자극을 준 사건이나 장소, 사람이 있었는가?

현재 당신이 하고 있는 일이나, 당신이 가장 관심 갖는 일에 첫발을 들여 놓기 위해 당신은 얼마나 많은 정열과 노력을 바쳤는가?

끝으로, 당신이 하고 있는 일, 또는 당신이 가장 관심 갖는 일과 관련된 신의 윙크, 또는 그것과 관련해서 일어난 특별하고 우연한 사건들은 무엇인가?

마지막 질문은 대답하기가 가장 어려울 것이다. 하지만 걱정할 필요가 없다. 당신만 그런 것이 아니니까. 사람들은 흔히 자신의 삶에서 일어나는 우연한 사건들을 무시하고, 외면하고, 그냥 지나치기 일쑤다. 따라서 우연한 사건들을 기억해 내기란 쉽지 않다. 당신은 무엇보다 인내가 필요하다.

하지만 오래 지나지 않아, 당신은 과거의 우연한 일들을 더욱 쉽게 찾아낼 것이고, 마치 자신의 삶에서 황금을 캐고 있는 것 같은 느낌이 들 것이다. 그리고 자신도 모르는 사이에 한 가지 중요한 것을 배우게 될 것이다. 당신은 앞으로 자신에게 어떤 우연한 일이 일어났을 때, 몇 년 뒤가 아니라 바로 그 순간에 그것에 담긴 의미를 깨닫게 될 것이다.

당신은 지금까지 자신의 일과 관련된 우연한 사건들을 하찮고 사소한 일들로 여겼을 것이다. 별 의미가 없는 일이라고 판단했을 것이다. 그것은 나 역시 마찬가지였다. 첫 일자리를 얻기 위해 히치 하이킹을 했을 때 나의 영웅이 차를 태워다 준 일을 나는 한 번도 잊은 적이 없다. 하지만 이 책을 쓰기 전까지도 그 일이 내가 길을 제대로 가고 있음을 알려 준 특별한 신호였음을 나는 깨닫지 못했다.

이 책에서 나는 당신의 꿈, 소망, 기도가 우연한 일들을 부를 수 있고, 그 우연한 일들을 통해 당신의 삶을 풍요롭게 할 수 있음을 보여 줄 것이다. 자신이 원하는 결과에 정신을 집중함으로써, 당신은 신의 윙크가 당신의 삶 속에 언제든지 나타나게 할 수 있다.

당신과의 약속

첫째, 당신은 우주의 안내를 받고 있으며, 우주로부터 날마다 자신이 선택한 길을 흔들림없이 걸어가라는 작고 은밀한 신호를 받고 있다.

둘째, 지난 시기에 있었던 우연한 일들을 찾아낼 때 당신은 자신의 삶을 놀랄 만큼 분명하게 이해할 것이다. 뿐만 아니라, 앞으로 일어날 중요한 일들까지도 더욱 정확하게 내다볼 것이다.

셋째, 당신은 우연한 일들을 통해 자신의 미래를 풍요롭게 하고, 자신이 선택한 길이 옳다는 강한 확신을 갖게 될 것이다.

마지막으로, 당신은 어떤 이유 때문에 우연한 일들이 일어난다는 것을 이해할 것이고, 다음의 중요한 한 가지 사실을 깨닫게 될 것이다. 그것은 바로 당신이 이 우주 속에서 결코 혼자가 아니라는 사실이다.

우연은 신이 보내는 신호

우연이란
하느님이 익명을 가장한 채 벌이는
작은 기적이다.

하이디 쿠아드

우연은 신이 보내는 신호

1
우연은 신이 보내는 신호

나는 신이 세상과 주사위 놀이를 한다고는
결코 생각하지 않는다.

알버트 아인슈타인

삶에 예기치 않은 큰 변화가 일어났던 때를 돌이켜보라. 당신은 그런 전환기 때마다 매번 우연한 일들이 함께 일어났음을 발견할 것이다.

갑작스런 변화와 위기의 순간에 당신에게 일어난 많은 우연한 일들을 찾아내려면 당신은 부지런해야 한다. 당시에는 그 일들에 압도되어 당신은 이성적으로 판단할 겨를이 없었을 것이다. 모든 일들을 단순히 우연으로만 여겼을 것이다.

하지만 삶의 전환점들을 되돌아볼 때, 당신이 힘든 걸음을 내디딜 때마다 신비한 우연들이 함께 일어났음을 보면서 당신은 놀라움과 함께 큰 용기를 얻을 것이다.

퀘이커 힐의 우연

잠시 어린 시절로 돌아가 어른들과 함께 저녁 식탁에 앉아 있는 자신의 모습을 상상해 보라. 당신이 얼굴을 들자 부모님과 할아버지 할머니가 당신을 바라보며 환하게 웃는다. 곧이어 그들은 당신에게 다정하게 윙크를 한다. 그 윙크 속에는 그들의 사랑을 다시금 확인하는 이런 메시지가 담겨 있다.

"애야, 난 너에 대해 생각하고 있다. 넌 참 잘하고 있어. 앞으로도 용기를 잃지 말고 계속하거라."

하늘의 윙크 또한 확신을 주는 메시지이며, 그것은 당신에게 가장 필요할 때 찾아온다. 당신의 삶이 갈림길에 놓여 있을 때나 모든 것이 불안정할 때, 신의 윙크는 당신을 찾아온다. 사실 신이 당신의 삶 속에 계속해서 나타날 수 있는 가장 좋은 방법은 우연을 통해서다.

한번 생각해 보라. 만일 당신이 신이 되어서 목소리를 내지 않고 인간과 대화하고 싶다면 어떻게 할 것인가? 당신은 작은 기적을 일으키려고 하지 않을까? 당신은 우연과도 같은 작은 기적을 일으킬 것이고, 사람들은 이렇게 말할 것이다.

"어떻게 이런 우연한 일이 있을 수 있지?"

이것이 바로 신의 윙크다.

이제부터 들려 줄 이야기는 내가 직장 생활을 하면서 심각한 불안에 사로잡혀 있을 때 큰 위안이 되어 쥰 사건들이다. 그 옛날 첫 면접을 보기 위해 히치 하이킹을 시도한 이후, 나는 텔레비전 방송의 여러 자리를 거쳐 마침내 ABC 방송의 간부가 되었다.

불안에 사로잡혀 있던 그 무렵 하늘의 윙크에 주파수를 맞추지 않았다면, 나는 확신을 주기 위해 신이 내게 보낸 신호들을 전혀 눈치채지 못했을 것이다. 많은 스트레스를 받으면서 남의 눈치만 보고 있었을 것이다. 그리고 그런 심리 상태가 이떤 결과를 가져 오는지는 당신도 잘 알 것이다.

당신이 다니는 회사가 다른 회사에 인수되거나 합병될 때, 당신은 당연히 큰 불안에 맞닥뜨리게 된다.

그것은 일종의 큰 변화이고, 변화는 불확실성을 의미한다.

그리고 불확실성은 불안감을 가져다 준다.

내게도 그런 일이 일어났었다. 그 무렵 많은 불안한 의문들이 내 마음속을 스쳐갔다. 과연 내 자리를 계속 지킬 수 있을까? 그들은 혹시 내 부서를 관리하기 위해 온갖 방법을 시도하면서 기존의 틀을 완전히 뒤집어 엎는 것은 아닐까? 더 많은 회의와 보고서를 요구해, 현재도 감당하기 힘든 업무량을 대폭 늘리는 것은 아닐까?

1986년 1월 초, 이런 물음들이 내 마음속을 스쳐가는 동안, 우리 회사는 캐피탈 시티 방송에 의해 인수되었다. 겉으로는 태연한 척하고 있었지만, 나는 새로운 상황이 가져다 주는 불안감을 떨쳐 버릴 수가 없었다. 그때 불확실성을 확실성으로 바꿔 놓은 놀라운 우연이 일어났다.

그 일은 어느 금요일 오후 회의에서 시작되었다.

미국 동부 연안에서 일하는 ABC 방송의 최고 간부들이 한 사람도 빠짐없이 뉴욕의 큰 스튜디오에 모였다. 회사의 새로운 임원들에게 자신을 소개하고, 앞으로 있을 인수의 세부 사항을 듣기 위해서였다.

오랫동안 캐피탈 시티 방송국의 사장을 지냈고, 이제 우리의 새 이사가 된 톰 머피 씨가 우리 앞에 등장했다. 그 자리에서 그가 할 일은 ABC 방송국 사람들의 마음을 진정시키고, 앞으로 일어날 변화에 대해 설명하고, 끝으로 몇 가지 질문에 대답하는 것이었다.

ABC 방송의 앵커맨 피터 제닝스가 손을 번쩍 들고서, 톰 머피 씨에게 조금은 까다로워 보이는 질문을 던졌다. 그는 회사가 캐피탈 시티의 통제를 받더라도 ABC 뉴스가 본래의 모습을 그대로 유지할 것인지 알고 싶어했다.

이렇듯 도전적인 질문 앞에서도 톰 머피 씨는 침착성을 잃지 않고 능숙하게 대답했다. 텔레비전 방송은 대중의 신뢰를 바탕으로 성장하는데, 그런 대중의 신뢰를 키워 온 것이 바로 ABC 뉴스라고 그는 말했다. 그의 대답은 무척 감동적이었다.

주말에 코네티컷(미국 북동부의 주)의 시골에 마련한 새집으로 가족과 함께 떠나면서, 나는 톰 머피 씨의 말을 떠올리며 마음을 쓸어내렸다. ABC 방송에서 15년을 일한 뒤에 맞이한 내 삶의 큰 전환점에서 머피 씨의 말은 결국 일이 잘 풀릴 것이라는 작은 확신을 주었다.

그 주말에 대학에 다니는 내 딸 힐러리가 집에 다니러 왔다. 일요일 아침, 딸아이는 날카로워져 있는 내 신경을 가라앉히기 위해 한 가지 제안을 했다. 함께 교회에 가자는 것이었다.

그거 좋은 생각인데, 하고 나는 말했다.

말은 그렇게 했지만, 우리 가족은 아직 그 지역의 어느 교회에도 등록하지 않은 상태였다. 내가 그 사실을 막 털어 놓으려는 순간, 작은 교회 하나가 떠올랐다. 지난 번 산을 넘어 뉴욕 시 폴링에 있는 그랜드 유니온으로 가는 도중에 지나쳤던 교회였다.

나는 딸아이에게 말했다.

"그림에 나오는 것 같은 검은 덧문에 흰색 첨탑이 솟은 고전적인 뉴잉글랜드 교회처럼 생긴 교회가 있단다. 그곳에 한번 가보는 게 어떻겠니?"

그 교회에서 예배를 본 것은 무척 즐거운 경험이었고, 나는 그 이후 오랫동안 그 교회를 다니게 되었다. 첫번째 주일 다과회 시간에 신도들 몇 명이 유명한 뉴스 진행자인 로웰 토마스가 그 교회에 묻혀 있다고 내게 알려 주었다. 그러면서 그들은 교회 뒤 큰 바위 옆에 있는 그의 무덤을 손으로 가리켰다.

그 일은 사실 얼마 전까지만 해도 내가 미처 깨닫지 못한 신의 윙크였다. 로웰 토마스는 바로 나의 새 주인인 캐피탈 시티 방송의 창립자였던 것이다.

다음날, 퀘이커 힐의 작은 교회를 방문한 일을 흐뭇하게 생각하면서 나는 서부 연안에 있는 내 사무실로 떠났다. 그곳에 도착한 나는 새로운 캐피탈 시티 경영진이 로스앤젤레스에 와 있는 것을 보고 깜짝 놀랐다. 그들은 ABC 방송의 서부 연안 사람들에게 회사의 변화에 대해 설명하고, 지난 금요일 동부 지역 간부들에게 전달한 새로운 경영 방침을 다시 알려 주기 위해 그곳에 와 있었던 것이다.

회의가 끝난 뒤에 열린 칵테일 파티에서 나는 처음으로 톰 머피 씨와 직접 이야기할 기회를 가졌다. 그는 그 주에 발행된 타임지에 '방송계의 가장 힘있는 인물'로 소개된 사람이었다.

새로운 상사와 친해지기 위해 나는 피터 제닝스의 질문을 잘 받아넘기는 모습에 깊은 인상을 받았다고 그에게 말했다.

순간 그의 표정이 어두워졌다. 너무 민감한 부분을 건드렸다는 생각이 머리를 스치면서 나는 약간 긴장했다.

"일 주일 내내 그 질문에 대해 생각해 봤소."

화가 난 듯 그가 큰 소리로 말했다.

"난 피터 제닝스에게 우리가 갖고 있는 신문사를 모두 합친다면 캐피탈 시티 방송이 ABC 방송보다 더 많은 기자를 갖고 있다고 말했어야 했소. 그렇다면 도대체 우리가 하던 뉴스를 바꿀 이유가 무엇이 있겠소?"

"정말 그렇군요."

그의 말에 고개를 끄덕이는 순간, 한 가지 생각이 떠올랐다. 그것은 새로운 상사에게 정말로 감동을 줄 만한 것이었다.

나는 자랑스런 목소리로 말했다.

"로웰 토마스라는 위대한 방송 기자가 캐피탈 시티의 창립자라는 사실을 제닝스에게 말해 줄 수도 있었겠지요."

"맞아, 그 생각을 했어야 했는데!"

그걸 몰랐다는 듯이 그가 맞장구를 쳤다. 그때부터 나의 행운은 시작되었다.

로웰 토마스의 무덤 옆에 있는 큰 바위가 떠오르는 순간, 나는 톰 머피 씨가 아마도 모를 것 같은 사실 하나를 말해 주기로 마음먹었다.

"톰, 그러고 보니 생각나는 게 있군요."

나는 이렇게 말을 꺼냈다.

"지난 일요일에 난 딸아이와 함께 처음으로 동부에 있는 작은 교회에 갔었지요. 그런데 로웰 토마스 씨가 그 교회 바로 뒤에 묻혀 있더군요!"

그 순간, 톰 머피 씨는 고개를 치켜들고 눈을 가늘게 뜨면서 내가 모르는 어떤 사실을 말하기 시작했다.

"스콰이어 씨, 퀘이커 언덕에 있는 그 작은 교회가 내게 어떤 의미가 있는 곳인지 이제부터 말해 주겠소."

나는 침을 꿀꺽 삼켰다.

"교회 문을 나서면 길 건너편으로 검은 덧문이 있는 하얀 집이 보이지 않던가요?"

나는 그 집을 떠올리면서 고개를 끄덕였다.

"그곳이 바로 로웰 토마스 씨의 집이었소. 그곳에서 나는 캐피탈 시티에서 함께 일하자는 제안을 처음으로 받았소."

이게 무슨 우연의 일치인가!

그와 헤어지고 몇 시간이 지난 뒤에도 나는 여전히 고개를 내

젓고 있었다. 도저히 믿어지지 않는 놀라운 일들이 일 주일 사이에 미대륙을 가로질러 일어난 것이다.

내가 다음 일들을 차례로 겪을 확률은 얼마나 될까?

금요일, 나는 뉴욕에서 톰 머피 씨가 처음으로 직원들에게 말하는 것을 듣는다.

그 주일에 처음으로 퀘이커 힐의 작은 교회에 가서 예배에 참석한다.

월요일, 로스앤젤레스에서 톰 머피 씨와 처음 이야기를 나누면서, 우리는 '방송계의 거물'이 첫 사업을 시작한 퀘이커 힐이라는 작은 마을을 주제로 대화의 실마리를 풀어 나간다.

불안한 내 삶의 전환점에서 나는 이 모든 우연한 일들이 신이 내게 보내는 신호가 틀림없다고 결론지었다.

그것도 눈부신 네온사인이라고.

그 작은 우연은 내가 올바른 길을 가고 있다는 믿음을 주었다. 사실 우리 모두는 삶에서 이러한 작은 확신을 찾고 있는 게 아닐까? 따라서 우리에게 필요한 것은 신의 윙크와 우연한 일들이 날마다 일어나고 있다는 사실을 깨닫는 것이다.

인생을 바꾼 우연들

다음의 질문들은 당신의 삶의 전환기에 일어난 일들을 떠오르게 하고, 당신을 변화의 길목에 서게 한 사건들을 하나하나 기억하도록 도와 줄 것이다.

다음 질문들을 읽고, 맨 먼저 떠오르는 생각들을 종이 위에 적으라. 그리고 글을 쓰기 전에 먼저 조용히 자신의 삶을 돌아보는 시간을 가지라. 하나하나의 질문을 깊이 생각하고, 당신 안에서 자연스럽게 대답이 흘러나오게 하라. 자기 글을 비판적으로 대할 필요가 없다. 마침표와 문법에도 신경쓰지 말라. 글의 내용이 어떤 것이든 개의치 말고 그냥 써내려 가라. 이성적인 머리가 아니라 당신의 기억으로 하여금 그 글을 쓰게 하라. 그러면 당신은 지금까지 숨겨져 있던 사실들이 떠오르는 것을 보면서 깜짝 놀랄 것이다.

❦ 당신의 삶에 이따금 어떤 놀라운 일들이 일어났는가? 전혀 예상치 않았던 어떤 것을 얻은 적이 있는가? 이를테면 유산을 물려 받거나 뜻밖의 횡재를 한 적이 있는가? 돈이 없어 고민하는 순간 행운이 찾아오지나 않았는가? 뜻밖에 받은 선물을 간단히 적고, 그것을 받았을 때 당신이 어떤 상황에 처해 있었는가 말해 보라.

❦ 새로운 사람이 당신의 삶 속으로 들어와서 당신의 삶을 극적으로 변화시킨 적은 없는가? 새로 태어난 아이가 그런 역할을 했는가? 아니면 어떤 멋진 사람이 세상을 보는 당신의 시각을 완전히 바꿔 놓지는 않았는가? 이를테면 세상을 영적인 눈으로 바라보게 하지 않았는가? 당신의 삶을 변화

시킨 뜻밖의 사건이나 하늘의 계시가 있었다면 그것을 적고, 당신이 선택한 새로운 길에 확신을 주는 우연한 사건들을 떠올려 보라.

❧ 연인과의 관계는 어떠했는가? 언제 누구와 사랑에 빠졌는가? 사랑하는 사람은 어떻게 만났는가? 두 사람은 어떤 우연한 일로 만나게 되었는가? 아니면 만나는 동안 어떤 우연한 사건들이 일어났는가? 이별이나 이혼처럼 두 사람의 관계를 끝낼 때는 어떤 일이 있었는가? 깊은 생각을 갖고 그때의 일을 돌이켜볼 때, 당신을 위로해 준 어떤 신의 윙크가 있었는가?

❧ 당신과 가장 가까운 사람, 예를 들면 부모나 조부모, 아니면 당신이 가장 따르는 이모 같은 분들의 죽음을 경험한 적이 있는가? 그런 상실감이 당신으로 하여금 전혀 새로운 길을 가게 하지는 않았는가? 또는 사랑하는 연인의 죽음 때문에 어딘가로 떠나야 했던 적은 없는가? 당신은 변화의 소용돌이 속에서 함께 일어난 신의 윙크를 기억할 수 있는가? 이를테면 생각지도 않게 당신에게 위안을 가져다 준 사건은 없었는가?

❧ 당신이 하는 일에서 언제 큰 행운을 잡았는가? 그 일은 틀림없이 당신을 다른 길로 가게 했을 것이다. 그때에도 신의 윙크가 있었는가?

❧ 당신은 영적인 면이나 또다른 면에서 새로 태어난 적은 없는가? 예를 들면 자신의 꿈을 이루기 위해 하던 일을 집어

치우기로 결심한 적은 없는가? 또는 술이나 담배처럼 건강에 해로운 습관을 끊기 위해 굳은 결심을 한 적은 없는가? 당신이 새롭게 태어나거나 결심을 하기 전후에 어떤 신의 윙크를 받았는가?

이 모든 질문에 대답할 수 없더라도 그렇게 걱정할 필요는 없다. 다른 기술과 마찬가지로 신의 윙크를 구별하는 능력 또한 오직 연습을 통해서만 커질 수 있기 때문이다. 그리고 바로 그 연습을 하기 위해 당신은 이 책을 읽고 있는 것이다.

희미한 안개가 걷히고 무지개가 나타나듯 당신이 살아온 길과 신의 윙크들이 보이기 시작할 때, 당신은 그 속에 담긴 희망의 메시지에 감동할 것이다.

2
우리는 우연한 존재가 아니다

이런 많은 일들을 보고도

어떻게 그것이 전부 우연이라고 할 수 있단 말인가?

다니엘 웹스터

이것저것 아무 일이나 경험하면서, 시냇물에 떠가는 한 장의 나뭇잎처럼 알 수 없는 목적지를 향해 흘러가는 것이 당신의 삶은 아니다.

당신이라는 존재는 이 우주가 세워 놓은 훨씬 더 큰 계획의 일부분이다.

생의 물결 속에서 무심하게 지나치기 쉬운 신의 윙크를 자각하고, 그것이 오직 당신만을 위한 신호임을 알아차릴 때, 당신은 자신이 결코 우연한 존재가 아니라는 사실을 깨달을 것이다. 그때 당신은 생명계의 커다란 계획 속에서 당신이 해야 할 역할이 있음을 자각할 것이다.

소울메이트

우리는 때로 삶에 실망하고, 자신의 삶에 어떤 질서가 있을 것이라는 희망을 잃을 때가 있다. 최선을 다한 노력도 헛수고가 된다. 오직 문제에만 휩싸이고, 상황이 다시는 나아질 것 같지도 않다. 앨리스 마리나가 바로 그렇게 생각하고 있었다. 그녀가 신의 윙크를 받을 때까지는.

앨리스 마리나는 이제 막 포기할 생각이었다.

"하느님, 내가 평생 독신으로 살기를 바라신다면, 그렇게 하겠습니다. 그 대신 내 마음에 평화를 주소서."

그녀의 간절한 기도는 그녀가 느끼는 절망과 슬픔을 잘 말해 주었다.

앨리스의 남자 관계는 모두 쓰라린 고통과 함께 막을 내렸다. 이제 그녀는 서른 살이 훨씬 넘었고, 마침내 그녀의 미래를 보여 주는 수정 구슬 속에는 신데렐라 이야기가 없다는 사실을 받아들여만 했다. 백마를 탄 왕자가 그녀에게 달려오는 일은 결코 일어나지 않았다.

그리고 무엇보다 그녀는 다발성 경화증이라는 진단을 받았다.

그녀는 정신적 스트레스와 슬픔을 감추기 위해 학위를 따는 일에 몰두했고, 오로지 공부에만 매달렸다.

그런데 앨리스는 의식적이든 아니든 이 우주에 어떤 큰 질서가 있음을 자각하기 시작했다. 그녀는 차츰 초조한 마음을 버렸으며, 그렇게 마음을 비우자 전혀 예상치 못한 것이 눈에 보였다. 바로 신의 윙크였다.

그녀는 기도했다.

"하느님, 만일 내가 결혼하기를 바라신다면, 당신이 직접 그 남자를 골라 주세요. 지금까지 난 남자 고르는 실력이 형편없었거든요."

그녀가 마음을 비운 뒤 처음으로 일어난 일은, 교회의 독신자 모임에 나가 보라는 언니의 거듭된 권유에 마음이 움직인 것이었다. 언니의 성화를 견디다 못해 그녀는 한 번쯤은 나가 보겠다고 약속했다.

하지만 모임에 나간 그녀는 두세 시간 동안을 외톨이가 되어서 있다가 그곳이 자신이 있을 곳이 아니라는 느낌을 받았다. 오랫동안 익숙해진 좌절감이 또다시 밀려왔다. 그녀는 당장 그곳을 나서기로 마음먹었다.

출입문 옆에 앉은 한 남자를 막 지나쳐가는 순간, 어찌된 일인지 그녀는 그에게서 눈길을 뗄 수가 없었다.

훗날 그녀는 말했다.

"그의 갈색 눈동자가 너무도 매력적이었어요. 그와 악수를 할 때는 온 몸에 전기가 흘렀지요."

그의 이름은 잭 토타였다. 그들은 나란히 앉아 이야기를 나누기 시작했다. 그들의 이야기는 한 주제에서 다른 주제로 세 시간이 넘도록 이어졌다.

"이런 깜박했네요. 이젠 가봐야겠어요."

앨리스가 소리쳤다.

"시험 공부를 해야 하거든요. 게다가 다음 주엔 텍사스에 가야 하기 때문에 준비할 일이 한둘이 아니에요. 텍사스 주 빅토리아에서 내 사촌이 결혼을 하거든요."

잭이 말했다.

"설마 농담은 아니겠죠? 다음 주에 나도 텍사스의 빅토리아에 갑니다. 내 사촌이 결혼하거든요. 어떤 의사하구요."

앨리스가 놀란 목소리로 말했다.

"정말이에요? 내 사촌이 의사인데!"

그것은 사실이었다. 앨리스 마리나의 사촌은 다름아닌 잭 토타의 사촌과 결혼할 예정이었고, 놀랍게도 두 사람 모두 그 작은 도시에서 열리는 결혼식에 참석할 계획이었다. 그곳은 자동차로 일곱 시간을 달려가야 하는 먼 거리였다.

그들이 옳은 길을 가고 있음을 알려 주는 이보다 더 강력한 신의 윙크가 어디 있겠는가!

물론 앨리스와 잭은 빅토리아에 함께 가기로 약속했고, 그렇게 일곱 시간을 여행하는 동안 두 사람은 할 말이 없어서 어색했던 적이 단 한 순간도 없었다.

정말 멋진 결혼식이었다. 앨리스와 잭은 마치 구름 위에 떠있는 것처럼 춤을 추고 또 추었다.

그것은 신비한 마술과도 같았다. 그녀를 방까지 데려다 주면서, 잭은 문 앞에서 그녀의 입술에 작별의 입맞춤을 했다.

앨리스는 마치 숨이 멎는 것 같았다.

"그 키스는 내 발가락을 오그라들게 만들었지요. 정말 너무 멋졌어요."

다음날 아침, 앨리스는 자신이 특별히 좋아하는 찰리 삼촌과 아침을 먹기 위해 일찍 잠자리에서 일어났다. 그녀는 어제 결혼식 파티에서 멋진 시간을 보냈다고 삼촌에게 말하면서, 마음속 비밀도 함께 털어 놓았다. 그것은 마침내 인생을 함께 할 남자를 만났다는 것이었다.

"정말 멋있고 훌륭한 남자예요. 그리고 우린 공통점도 너무 많아요."

그녀는 흥분된 얼굴로 속삭이며 말했다.

"그의 이름은 잭 토타예요. 삼촌께서 그 남자를 만나 보셨으면 좋겠어요."

"잭 토타라구?"

찰리 삼촌이 다시 물었다.

"혹시 네이브 토타와 친척이 아닐까?"

"네, 맞습니다."

잭이 걸어오며 말했다.

"그분이 제 삼촌입니다."

그러자 찰리 삼촌은 50년 전 미국으로 오는 배 안에서 네이브 토타를 만난 이야기를 앨리스와 잭에게 들려 주었다. 당시 두 사람은 모두 외로웠었다. 그래서 그들은 순식간에 가까워졌지만, 얼마 후 소식이 끊어져 버렸다.

이 놀라운 우연의 일치는 앨리스를 위한 또다른 신호였다.

앨리스와 잭이 빅토리아에서 열리는 결혼식에 함께 가게 한 첫 번째 신의 윙크와 더불어, 그들이 가장 좋아하는 삼촌들이 이미 오래 전에 친구 사이였다는 우연이 겹친 것이다. 두 사람의 우정은 "만일 내가 결혼하기를 바라신다면 당신이 직접 그 남자를 골라 주세요"라고 한 앨리스의 기도에 신이 귀를 기울이기 훨씬 전부터 시작되었던 것이다.

이러한 신의 윙크에서 용기를 얻은 그녀는 자신이 두려워하던 일을 하기로 마음먹었다.

그녀의 친구가 충고했다.

"말하지 않는 게 좋을 거야."

하지만 그녀는 대답했다.

"아니야. 말해야만 해."

자신의 몸에 다발성 증후군이 있다는 앨리스의 고백을 듣고 나서 잭이 보인 반응은 그녀가 기대한 것 이상이었다. 그는 잠시 고개를 숙이고 발치를 내려다보고 나서 말했다.

"정말 마음이 아프군요. 이제 내가 당신을 위해 뭘 해야 하는지 말해 주시오."

그로부터 1년 반이 지난 뒤, 앨리스와 잭은 행복한 결혼식을 올렸다. 결혼식에는 그들의 두 삼촌, 곧 서부 텍사스에서 온 찰리 삼촌과 캘리포니아의 프리먼트에서 온 네이브 삼촌이 참석했다. 그리고는 지난 50년 동안 잠들어 있던 두 사람의 우정이 극적으로 되살아났다.

엘리스는 말한다.

"나의 진정한 소울메이트(영혼의 동반자)를 발견했어요. 하느님, 감사합니다."

엘리스 마리나는 이제 이 세상에는 우리의 삶을 인도하는 크나큰 힘과 질서가 있다는 사실을 굳게 믿는다. 우리가 선택한 길로 우리가 바라는 만큼 빠르게 이끌어 주지 않을 수도 있지만, 그럼에도 불구하고 그것은 틀림없이 우리를 인도해 준다. 할 수 있는 모든 노력을 다했을 때, 우리는 모든 것을 우주에 맡기고 평화로운 마음으로 신의 윙크를 기다려야 한다. 그러면 그것은 반드시 찾아온다.

우주가 어떤 커다란 질서와 계획에 따라 움직인다는 사실을 그래도 받아들이기 힘들다면, 다음의 이야기를 읽어 보라. 당신은 이 이야기를 통해서 우주는 큰 계획이 있으며, 계획의 모든 조각들은 결국 아름다운 방식으로 자기 자리를 찾아간다는 것을 깨달을 것이다.

최고의 친구, 또는

론 바렌과 로저 맨스필드는 미시건 주에서 30킬로미터를 사이에 두고 성장했다. 그들은 전혀 만난 적이 없었다. 두 사람 모두 거의 같은 시기에 미시건 주를 떠나 미국에서 서로 반대편에 있는 지역으로 이사했다. 론은 플로리다 주로, 로저는 워싱턴 주로 이사한 것이다.

어떤 우연의 힘이 작용했는지, 그들은 거의 같은 무렵에 미시 건 주로 돌아왔다. 두 사람 모두 신문 광고를 보고서 그곳에 있는 양로원에 지원서를 제출한 것이다. 그리너리 양로원은 지원자들이 보조원으로 일하는 데 동의한다면 그 보상으로 직업 훈련을 시켜 주겠다고 약속했다.

론과 로저는 같은 날 지원서를 제출했다. 두 사람 다 채용되었고, 3주 동안 교육을 받기 위해 그 지역의 대학에서 공부해야만 했다. 그리고 현장 훈련을 위해 양로원에서 밤샘 근무를 하라는 지시를 받았다.

론과 로저는 좋은 친구가 되었다. 두 사람은 하나같이 유머 감각이 뛰어나서, 언제나 가벼운 농담을 주고받으며 즐겁게 생활했다. 어느 날, 수업을 하던 교사가 사람이 올바로 성장하는 데는 어린 시절의 환경이 매우 중요하다는 말을 했다. 로저는 그 말에 전적으로 동의하면서, 어린 시절에 자신은 무시당하고 버림받은 아이였다고 거리낌없이 말했다.

그러자 론 역시 자신이 겪은 똑같을 일들을 말했다.

두 사람의 비슷한 성장 배경은 곧바로 반 학생들의 강한 호기심을 불러일으켰다. 마침내 로저가 결정적인 비밀을 말했다. 자신의 현재의 성은 맨스필드이지만, 원래의 성은 플래처라는 것이었다.

론이 깜짝 놀라며 외쳤다.

"나도 그래!"

론 바렌과 로저 맨스필드는 형제였으며, 모두 여덟 명의 형제

중에서 그들만 다른 가정에 입양되었던 것이다. 놀라운 일은 그 동안 론과 로저가 오래 전에 잃어버린 형제들을 전혀 찾지 않았다는 것이다. 사실 그들은 자신들에게 다른 형제가 있는지조차 알지 못하고 있었다.

하지만 하늘에서 보낸 여러 번의 윙크를 통해 그들은 한 치의 오차도 없이 서로를 향해 다가갔고, 마침내 다시 만났다. 앨리스와 잭처럼 론과 로저가 머무는 우주도 언제나 그렇듯이 평화로운 순간에 이르렀다. 도저히 믿을 수 없는 아름다운 질서를 되찾은 것이다.

3
우연은 없다

이 세상에 우연이란 없다.
아무리 사소하게 보이는 일도
운명의 저 깊은 곳에서 흘러나온 샘물이다.

요한 본 쉴러

우리가 더 높은 차원에서 바라볼 수만 있다면, 세상 일들이 전혀 다르게 보일 것이다. 우리는 때로 삶의 퍼즐 게임을 하면서 한 번에 한 조각만 볼 수 있다는 것에 몹시 실망한다. 그리고 삶의 갈림길에 서 있을 때는 이 알 수 없는 한 조각이 앞으로 완성될 퍼즐에 딱 들어맞을 것인지 의심한다.

당신이 다시 어린아이로 돌아갔다고 상상해 보라. 당신은 지금 보물찾기를 하고 있다. 그리고 당신이 손에 들고 있는 종이에는 당신이 찾아야 할 것들의 목록이 적혀 있다. 당신이 이제부터 찾아야 할 것은 다름아닌 평생 동안 당신에게 일어난 신의 윙크, 특히 당신이 갈림길에 서 있을 때 받은 신의 윙크들이다.

지난 날 당신의 삶에서 일어난 우연들을 기억할 때, 당신은 지금 가는 길이 옳다는 것을 다시금 깨닫고, 미래에 대한 희망을 되찾을 것이다. 왜냐하면 지난 날 일어난 우연들을 통해 우주가 당신의 인생길에 줄곧 표지판을 세워 놓고, 당신에게 직접 윙크를 보낸 사실을 더욱 분명하게 알 것이기 때문이다.

20년 뒤에 외친 '아!'

바브라 스트라이젠드(미국의 유명한 가수이자 배우)와 제임스 브로린의 이야기를 해보자. 두 사람이 만나 사랑에 빠지기 훨씬 오래 전에 이미 어떤 우연이 일어났었다. 하지만 20년 뒤 두 사람이 더욱 폭넓은 시각으로 자신들의 삶을 되돌아볼 때까지 그 일은 아무 의미도 없이 잊혀져 있었다.

결혼식을 몇 주 앞두고 그들은 자신들에게 일어난 우연한 일들을 서로 비교하고 있었다. 그제서야 제임스 브로린은 오래 전 뉴욕 시에서 아파트를 구하던 때의 일을 말했다.

그는 말했다.

"며칠 동안 난 지친 발을 이끌고 돌아다녔소. 그래서 새로운 아파트에 들어설 때마다 이번이 마지막이라고 생각했소. 그런데 한 아파트에 들어서자마자, 바로 여기다 하는 생각이 들었소. 나한테 딱 맞는 곳이라는 느낌이 들었던 거요."

나중에 부동산 중개인은 제임스에게 그곳을 얻은 것은 행운이라고 말했다. 그리고는 새로운 사실을 알려 주었다.

"사실은 바브라 스트라이젠드가 방금 전 그 아파트에 들렀었소. 바브라는 그 아파트를 아주 마음에 들어하면서 정말 완벽한 곳이라고까지 말했소. 하지만 그날따라 무척 무더운 날씨에 그곳에 에어컨이 없었기 때문에 바브라는 한 번 더 생각해야겠다고 말했소."

당시는 전혀 몰랐지만 두 사람이 서로 마주칠 뻔한 운명이었던 것이다. 그 사실에 그들은 큰 감동을 받았다. 오랜 세월이 흘러 삶의 중요한 맹세를 하려는 순간에 이런 우연의 일치가 밝혀지면서 그들은 서로의 관계에 대해 더욱 확신할 수 있었다.

바브라는 말한다.

"그 일은 우리가 결혼을 결심하도록 도와 준 신호였지요."

우리가 삶을 바라보는 눈에는 한계가 있다. 우리는 매일 하나의 퍼즐 조각만을 볼 수 있다. 하지만 전혀 다른 시각으로 바라볼 수도 있다. 미지의 조각들을 하나하나 이해하려고 노력하는 동안, 우리는 높은 차원의 계획 속에선 모든 조각들이 완벽하게 들어맞는다는 사실을 알고 위안을 받을 수 있다. 우리는 종착역에 이르러 더 넓은 시야를 가질 때만이 비로소 전체의 모습을 볼 수 있다.

뜻밖의 사고로 당신 앞차에 탄 사람이 죽는다면, 당신은 아마 스스로에게 이렇게 물을 것이다.

'왜 내가 아니고 그 사람이 죽었지?'

우리는 살면서 예측할 수 없고, 원하지 않았지만, 어찌할 수도 없는 운명적인 상황들을 종종 만난다. 죽음도 이와 마찬가지로 피할 수 없는 운명이지만, 더 좋은 데로 가기 위한 졸업이라고도 볼 수 있다. 졸업은 삶의 갈림길에 서는 것을 의미하므로, 그것은 고통스러우면서도 기쁜 일이다.

갈림길은 변화를 뜻한다. 그리고 변화는 미래에 대한 불안감을 만들어 낸다. 갑작스런 변화의 물결이 몰아치는 순간 평화로운 미래의 모습을 미리 내다볼 순 없지만, 적어도 신의 윙크를 찾아볼 순 있다.

한편 불안한 시기에는 미지의 무엇인가가 더 큰 행복과 평화를 가져다 줄 것이라는 희망도 함께 숨어 있다. 이제부터 들려 줄 베스 윌켄센의 이야기가 그것을 증명하고 있다.

두 사람을 하나로 만든 우연

베스는 울음을 멈출 수 없었다.

불과 이틀 전만 해도 일이 순조롭게 풀리는 듯했다. 아버지의 심장 이식 수술은 성공한 듯 보였다.

새벽 여섯 시에 전화벨이 울리고, 아버지가 돌아가셨으니 빨리 집으로 오라는 연락이 왔다. 그녀는 서둘러 집으로 가는 비행기를 예약하고, 뉴올리언스 비행장으로 달려나갔다.

그녀가 탑승구에 도착했을 때, 청바지를 입은 한 남자가 혼자 신문을 읽고 있었다.

비행기를 기다리는 동안 그녀의 뺨에는 끊임없이 눈물이 흘러 내렸다. 그녀의 아버지는 너무 젊은 나이에 돌아가셨다. 아버지의 나이는 고작 쉰아홉이었다. 얼마 전만 해도 아버지는 건강이 점점 나아지고 있었다. 그토록 젊은 나이에 아버지를 데려간 하늘이 너무도 원망스러웠다. 아버지 없는 세상에서 어떻게 살아갈 것인가? 베스는 깊은 슬픔에서 빠져 나올 줄을 몰랐다.

갑자기 위로의 손길이 그녀의 어깨에 닿았다. 따뜻하고 신기할 정도로 친근하게 느껴지는 목소리가 그녀에게 말했다.

"괜찮아요?"

청바지를 입은 그 남자였다. 그와의 대화는 너무도 자연스럽게 느껴졌다. 그는 더없이 친절했고, 그녀가 아버지를 여읜 것을 함께 슬퍼해 주었다. 그런데 그녀는 왠지 그를 알고 있는 듯한 느낌이 들었다.

갑자기 생각이 난 그녀가 소리쳐 물었다.

"혹시 케빈 코스트너 씨 아니세요?"

그가 미소를 지으면서 고개를 끄덕였다. 그는 〈JFK〉라는 영화의 촬영 장소를 물색하기 위해 뉴올리언스에 와서, 지금은 자신의 전용 비행기를 기다리고 있다고 말했다.

그들은 이야기를 나누기 시작했다. 그는 그녀를 위로하면서 마치 친오빠처럼 그녀의 어깨를 팔로 감쌌다. 그리고 베스의 비행기가 올 때까지 그녀와 함께 있어 주면서, 그의 비행기가 준비됐다고 말하러 온 비서를 손을 내저어 돌려보내기까지 했다. 이윽고 그녀가 비행기에 오를 시간이 되자, 그는 직접 그녀를 승강구까지 데려다 주었다.

그는 다정한 미소를 지으며 말했다.

"몇 달 뒤 촬영을 위해 뉴올리언스에 다시 올 겁니다. 영화 만드는 걸 보러 촬영장에 한번 들르세요."

그리고는 베스의 손을 잡고 그녀의 눈을 가만히 들여다보며 말했다.

"남편을 잃은 일에 대해 내가 애도를 표하더라고 어머니께 전해 주세요. 그리고 좋은 일은 언제나 슬픔에 빠져 있을 때 찾아온다고 말해 주세요."

지금까지 베스의 어머니는 죽은 남편이 케빈 코스트너의 입을 통해 자신에게 그렇게 말했다고 믿고 있다.

두 달 뒤, 베스는 뉴올리언스 병원의 재무부서에서 일하면서 MBA(경영 관리학 석사)를 따기 위한 마지막 공부에 열중하고 있었다. 어느 날 그녀는 다른 곳으로 부쳐야 할 우편물이 있어서, 시내 건너편에 있는 라피트 역사 공원 근처의 우체국에 갈 일이 생겼다.

차를 몰고 공원 옆을 지나가는데, 영화를 만들 때 사용하는 트럭들이 눈에 띄었다. 문득 공항에서 만난 케빈 코스트너가 떠올랐다. 그는 그녀를 위로하면서 촬영장에 한번 들르라고 말했었다. 케빈이 영화를 찍고 있을지도 모른다는 생각이 언뜻 머리를 스쳤지만 그녀에게는 할 일이 있었다.

우체국에서 돌아오는 길에 그녀는 다시 라피트 공원을 지나갔다. 이번에도 망설이는 마음은 여전했지만, 어쨌든 벌써 오후가다 지나가고 있었다. 사무실로 돌아가기에는 너무 늦은 시간이었다. 그녀는 차를 세우고 경비원에게 다가갔다. 경비원은 지금 촬영하고 있는 영화가 정말로 〈JFK〉라는 것을 확인해 주었다.

"케빈 코스트너 씨에게 공항에서 울던 여자가 여기 와 있다고 말해 주겠어요?"

경비원이 케빈에게 그녀의 말을 전하자, 그는 고개를 들고서 반갑게 손을 흔들었다. 그는 그녀에게 다정하게 인사를 건네며 앉을 자리를 마련해 주었다. 그리고는 곧 그녀를 안내해 줄 사람이 올 것이라고 말했다.

잠시 후, 베스는 검게 그을린 피부의 잘 생긴 남자가 다가오는 것을 눈치챘다.

'지금까지 내가 본 남자 중에서 가장 잘 생겼어.'

그녀는 마음속으로 이렇게 외쳤다.

로저 암스트롱은 영화의 홍보 이사를 맡고 있다고 자신을 소개했다. 배우들과 스텝들이 분주히 오가는 가운데 그들은 조용히 대화를 시작했고, 로저는 지금 눈앞에서 무슨 일이 벌어지고 있는지 그녀에게 일일이 설명해 주었다.

그날 저녁, 베스는 엄마에게 전화를 걸어 확신에 찬 목소리로 말했다.

"오늘 난 결혼할 남자를 만났어요."

베스는 그 뒤로 몇 주 동안 촬영장에 몇 차례 더 들렀다. 겉으로는 촬영장을 구경하고 케빈 코스트너에게 인사하기 위해서라고 말했지만, 사실은 로저를 만나러 간 것이었다.

어느 날 오후, 케빈은 두 사람을 자신의 의상실로 초대해 함께 농구 중계 방송을 보았다. 케빈이 잠시 자리를 비운 사이 베스는 로저에게 함께 저녁을 먹으러 가지 않겠느냐고 물었다.

"좋습니다. 언제가 좋을까요?"

"오늘 밤 어떠세요?"

그날 저녁 그들은 자신들이 소울메이트임을 곧바로 확인할 수 있었다.

몇 주 뒤, 로저는 다음 촬영지에서 베스에게 전화를 걸어 그녀가 보고 싶다고 말했다. 로저는 그녀를 설득해 자신이 사는 로스앤젤레스로 이사하게 만들었다. 그로부터 열달 뒤인 1995년 12월 14일, 두 사람은 마침내 결혼식을 올렸다.

그들에 대한 후일담이 조금 더 있다. 나중에 베스는 남편에게 만일 영화 홍보 이사가 되지 않았다면 무슨 일을 하고 싶었냐고 물었다. 그러자 그는 지난 일부터 이야기했다. 전에 자신은 영화 홍보 일에만 푹 빠져 있었고, 초고속으로 승진을 거듭해 스물넷의 나이에 유니버설 사의 부사장이 되고 곧이어 트리 스타의 부사장이 되었다는 것이었다. 그는 너무 성공한 나머지 그 일을 멈출 수가 없었고, 자신이 바라던 일도 할 수가 없었다. 그가 진정으로 원하던 것은 변호사가 되는 것이었다.

베스는 현재의 상황을 한번 다르게 생각해 보라고 남편에게 충고했다. 그녀는 꽤 많은 월급을 받고 있었고, 그래서 이런 생각이 들었다. 한번 해볼 수도 있지 않을까?

현재 베스와 로저는 한 아이를 두고 있다. 로저는 성공적인 연예 전문 변호사이고, 베스는 사립 학교의 재무국장이다. 얼마 전 케빈은 베스와 로저를 다른 사람에게 소개하면서 자신이 중매를 섰다고 농담을 했다. 그는 자랑스런 표정으로 이렇게 말했다.

"내가 두 사람을 하나로 만들었지요."

아버지가 돌아가시던 날, 베스는 그토록 슬픈 퍼즐 조각이 자신의 삶을 긍정적으로 바꿔 놓으리라고는 상상조차 하지 못했다. 아버지의 죽음이라는 퍼즐 조각은 그녀의 빈 곳을 채워 주고 행복을 가져다 주었다. 뿐만 아니라 여러 일들을 통해 로저로 하여금 자신의 꿈을 추구하도록 용기를 주었다.

하나의 퍼즐 조각이 두 사람의 삶에 영원한 영향을 준 것이다.

당신은 삶의 어떤 전환점에서 우주에서 온 윙크를 받았는가?

당신은 지금도 받고 있을 그 위안과 확신의 윙크를 알아볼 수 있는가? 그것을 보면서 자신이 우주의 아이이며, 우주가 자신을 보호하고 있음을 느낄 수 있는가?

4
우주에게 도움을 청하라

달을 향해 발사하라. 그래서 일어날 수 있는
최악의 사건은 다른 별에 착륙하는 것뿐이다.

토니 올랜도

모든 일은 가능하다. 당신의 가슴이 원하는 모든 것이 현실로
될 수 있다. 물론 당신이 그것을 믿을 때만이 이 말은 사실이 된
다. 여기 결단력과 용기, 스스로에 대한 믿음을 통해 올림픽 선수
가 된 한 소녀의 이야기가 있다.

메리 루 레튼은 그때를 이렇게 회상한다.

"내가 처음으로 올림픽을 꿈꾸었던 때는 1976년 루마니아의
체조 요정 나디아 코마네치가 세 개의 금메달을 땄을 때였어요.
그해 여름 난 여덟 살이었고, 웨스트 버지니아의 페어몬트에 있
는 우리집 마루바닥에 누워 그 모든 장면을 텔레비전으로 지켜보

았지요."

올림픽이 끝난 뒤 메리 루는 갑자기 바빠졌다. 체조 학원에 등록해 타고난 재능을 키우기 시작한 것이다. 그녀는 근육질의 허벅지, 폭발적인 달리기, 그리고 두려움을 모르는 대담성을 지니고 있었다. 코마네치 같은 챔피언이 되겠다는 강렬한 소망은 발목이 돌아가고, 손목을 삐고, 손가락이 골절되는 부상에도 불구하고 쉬지 않고 연습하도록 그녀를 몰아부쳤다.

그녀는 스스로에게 말하곤 했다.

'메리 루, 넌 1984년 올림픽에 참가할 거야. 넌 열여섯 살에 인생의 전성기를 맞을 거야.'

열네 살 때 그녀는 부모님을 설득해 코마네치의 전설적인 코치인 벨라 카롤리 밑에서 연습하기 위해 휴스턴으로 떠났다. 그녀는 그곳에서 훨씬 강도 높은 훈련을 받기 시작했다.

"아니야, 아니야, 아니라구!"

카롤리 코치는 끊임없이 고함을 질러댔다.

그의 거칠고 때로는 무자비한 지도 방식은 일부 선수들에게는 견디기 힘든 것이었다. 하지만 자신에 대한 확고한 믿음이 있었기에 메리 루에게는 그 방식이 큰 효과가 있었고, 그녀는 최선을 다해 연습에 임했다.

하지만 그녀에게는 또다른 장애물이 있었다. 그것은 다름아닌 시간이었다.

시간은 그녀 편이 아니었다. 그녀는 국가가 인정하는 체조 기록을 거의 갖고 있지 않았다. 눈에 띄는 이렇다 할 성과도 없었고, 미국 올림픽 위원회가 주목할 만큼 이름이 알려진 선수도 아니었다.

1984년 올림픽이 서서히 다가오고 있었다. 위원회가 메리 루에게 관심을 갖게 하려고 카롤리 코치는 백방으로 노력했지만, 돌아오는 것은 임원들의 냉담한 반응뿐이었다. 그녀는 한 명의 무명 선수에 불과했다. 그런 선수에게 그들이 무엇 때문에 신경을 쓰겠는가?

하지만 그들의 무관심은 결코 메리 루 레튼을 단념시키지 못했다.

1984년 올림픽이 열리기 전, 그녀가 사람들의 주목을 받을 수 있는 마지막 기회가 왔다. 1983년 뉴욕 메디슨 스퀘어 가든에서 아메리칸 컵 대회가 열린 것이다. 위원회로부터 사전 승인도 받지 않은 채 카롤리 코치는 메리 루를 교체 선수로 데리고 가기로 결정했다. 그녀가 경기에 참여할 수 있다는 어떤 보장도 없었지만, 코치는 팀의 다른 동료들보다 그녀를 더욱 혹독하게 훈련시켰다.

그녀는 윙크를 받을 준비가 되어 있었다. 그리고 그것에 보답하듯 하늘이 그녀에게 윙크를 보냈다.

미국 선수 중 한 명이 경기에 출전하지 못하는 예기치 않은 일이 일어났다. 이제 메리 루가 처음부터 믿어 의심치 않았던 자신의 재능을 전세계와 미국 올림픽 위원회에 보여 줄 기회가 온 것이다.

그날 오후, 메리 루는 메디슨 스퀘어 가든에 모인 사람들 앞에서 눈부신 묘기를 펼쳐 보였다. 그녀는 아메리칸 컵을 거머쥐었고, 곧바로 미국 올림픽 선수단에 들어가기에 충분한 주목과 찬사를 받았다.

몇 달 뒤 메리 루 레튼은 경기장 마루바닥에서 얼굴을 치켜들어 둥근 천장을 바라보면서, 로스앤젤레스 올림픽 체조 경기의 마지막 순간을 맞이하고 있었다. 지난 9년 간의 훈련이 4초의 짧은 순간에 집약되어 있었다.

굳은 결의로 그녀의 입술이 팽팽해졌다. 이번이 그녀에게 주어진 마지막 기회였다. 그녀의 폭발적인 질주와 한 번도 아닌 두 차례의 흠잡을 데 없는 도약은 심사위원 전원으로부터 10점 만점을 받아내는 데 성공했다. 점수판이 결과를 알리기도 전에 메리 루는 환희에 차서 두 손을 번쩍 치켜들었다. 그녀의 미소는 전세계인을 매혹시켰다.

한 기자는 이렇게 말했다.

"체조 역사상 이런 일은 거의 없었습니다. 단지 14개월 동안 미국 대표팀에 몸담은 미국의 십대 소녀가 0.002점이라는 근소한 차이로 체조 종합 부문에서 금메달을 따냈습니다. 그녀는 마지막 두 종목을 만점으로 마무리함으로써 사람들의 시선을 한 몸에 받았습니다."

많은 사람들이 그녀를 무시하면서 그녀에게 불가능하다고 말했다. 또한 그녀의 코치는 너무도 거칠게 그녀를 훈련시켰다. 그리고 아무도 그녀를 알아 주지 않았다. 하지만 메리 루 레튼은 그들에게 결코 굽히지 않았다. 그녀는 자신의 능력을 알고 있었으며, 더욱 중요한 것은 절대로 꿈을 포기할 생각이 없었다는 것이었다.

메리 루 레튼은 미국 여자 체조 사상 최초로 금메달을 따냈다. 그녀는 꿈이 실현될 수 있다고 믿을 때 어떤 힘이 발휘되는지를 사람들에게 분명히 보여 주었다.

자, 이제 당신 차례다!

삶을 위한 열 가지 단계

당신이 자신의 운명을 이루려고 할 때, 최선의 길을 선택할 수 있도록 나는 다음과 같은 열 단계의 전략을 만들었다. 이 전략들은 나의 영웅인 노만 빈센트 필 박사와 그의 저서인 〈적극적 사고의 힘〉에서 영감을 받아 탄생되었다. 매일 이 단계들을 실천한다면, 당신의 꿈은 현실이 되고, 당신의 삶 또한 크게 변화할 것이다.

1. 자신이 성공하는 모습을 마음속에 그리라

마음속으로 자신이 성공하는 모습을 그리라. 그 그림은 가능한 한 구체적으로 그려야 한다. 주변의 모습과 당신이 입은 옷, 그 자리에 모인 사람들, 그리고 당신이 말하고 행동하는 모습을 빠짐없이 그리라. 그리고 불독처럼 끈질기게 그 그림에 매달리라. 그 그림이 희미해지지 않도록 하루도 빼놓지 말고 그것을 상상하라. 우리의 마음은 자신이 상상하는 것을 이루려고 노력하도록 되어 있다. 그러므로 오직 성공하는 모습을 그리고, 절대로 실패하는 모습을 그리지 말라.

다음으로 마음속에 그린 그림을 종이에 옮기라. 당신은 그림에 소질이 없다고? 그것은 문제가 안 된다. 종이 위에 '성공하는 당신'의 모습을 탄생시키는 단순한 행동이 당신의 꿈을 이루는 데 큰 도움이 될 것이다. 그림을 그리면서 꿈이 이루어질 것이라고 굳게 믿으라.

2. 몸을 뒤로 빼면서 '할 수 없어', '안 할 거야'라고 말하지 말라

뒤로 물러서고 싶을 때마다 즉시 그 마음을 지워 버리라. 마음속에 그린 자신이 성공하는 모습에 온 정신을 집중하고, 긍정적인 자세로 이렇게 말하라. 나는 할 수 있다! 나는 할 것이다! 나는 한다!

3. 장애물의 바람을 빼고, 문제는 지워서 없애라

장애물이 두려울 만큼 거대한 모습으로 나타날 때마다, 그것의 바람을 빼라. 두려움과 걱정은 더운 공기처럼 실체가 없는 것이다. 보라, 그것이 사라지지 않는가!

문제가 일어날 때, 감정에 휩쓸리지 말고 이성적인 방법으로 대처하라. 문제를 실제보다 더 심각하게 받아들이지 말라. 그 문제들은 당신 차의 앞유리를 때리는 빗방울이라고 상상하라. 와이퍼를 켜고 그것이 쓸려나가는 것을 지켜보라.

무엇이 당신의 길을 가로막고 있는가? 그것을 종이 위에 그려 보라. 주저하지 말고 해보라. 그 모습이 우스워 보이더라도 문제될 건 없다. 왜냐하면 우스운 것을 두려워할 사람은 없을 테니까. 한 번 그림을 그리고 나서, 다시 한 번 그리라. 이번에는 바람이 빠진 모습으로 그리라. 더운 공기를 빼고, 당신의 장애물이 가진 힘을 제거해 버리라.

지금부터 다른 사람에게서, 또는 당신의 마음속에서 장애물을 발견할 때마다 그것을 바람 빠진 그림으로 바꾸라.

4. 다른 사람들에게 기죽지 말고, 오히려 그들을 본받으라

다른 사람에게서 뛰어난 점을 발견한다면, 그것을 배우고 본받으려고 노력하라. 다른 사람들의 눈부신 모습을 보면서 자신의 초라함을 느끼는 대신 그것을 자신의 성공 모델로 이용하라.

5. 코치를 발견하라

당신의 자신감을 회복시켜 줄 수 있는 사람들의 도움을 받으라. 그들에게 당신 내면에 있는 열등감이라는 유령을 밖으로 끌어내 달라고 부탁하고, 열등감이 나타나는 순간 가차없이 없애 버리라.

6. 당신의 장점을 모두 기록하라

스스로를 믿고, 당신이 타인에게 도움이 되는 가치있는 사람이라고 생각해라. 잘난 체를 해서는 곤란하겠지만, 자신의 타고난 재능과 성격에 자부심을 갖고 그것을 분명히 드러내라. 당신이 자신의 장점을 자랑스러워하지 않는데 다른 사람이 그것을 좋아할 수는 없다.

다른 사람이 존경해 주기를 바라는 당신의 장점 열 가지를 종이에 적으라.

7. 다른 사람들이 당신을 훌륭한 사람으로 보아 주기를 바란다면, 자신이 바로 그런 사람이라고 생각하라

다른 사람들이 당신을 좋게 생각할 것인지는 오직 당신의 행동에 달려 있다. 예를 들어 당신이 정열적으로 말하고, 가볍게 떠벌리지 않고, 기운차게 걸을 때, 다른 사람들은 당신을 멋진 사람으로 생각할 것이다.

당신이 그것과 반대로 행동한다면, 다시 말해 중얼거리는 목소리로 천천히 말하고, 축 처져서 걷는다면, 사람들은 당신을 우습게 여길 것이다.

당신이 대통령에게 투표하던 때를 기억해 보라. 당신은 의식적으로든 무의식적으로든 이렇게 물었을 것이다.

'어느 후보가 더 대통령답지?'

다른 사람들이 당신을 대통령이나 부통령, 또는 지배인처럼 바라보기를 바란다면, 자신이 이미 그 사람이 된 것처럼 행동하라. 다른 사람들이 당신을 어떻게 생각해 주기를 바라는지, 그 열 가지를 종이에 적으라.

8. 불가능이라는 단어에서 '불' 자를 떼어 내라

대신 그것을 '나는 가능하다'로 읽으라. 스스로의 엉덩이를 걷어차면서 작은 발걸음을 내딛는다면 아무리 어려워 보이는 목표도 달성할 수 있다. 모든 등산가는 자신의 작은 발가락에 한 번씩 힘을 주면서 위로 올라간다. 자, 한 걸음씩 앞으로 나아가라.

9. 마음을 비우고 신에게 맡기라

당신은 도전에 부딪칠 때마다 강력한 협력자의 도움을 받을 수 있다. 당신 혼자 도전에 맞서야 한다는 두려움을 떨쳐 버리라. 당신의 협력자가 당신을 도울 수 있게 하라. 마음을 비우고 신에게 맡기라.

10. 신의 윙크를 찾으라

당신의 운명을 찾아가는 동안 당신은 가끔 어둡고 외로운 길을 지나갈 수 있다. 하지만 당신은 결코 혼자가 아니다. 매 순간 우주가 당신을 돕고 있다. 멈추지 말고 앞으로 나아가면서, 당신이 올바른 길을 가고 있음을 알려 주는 신호를 찾으라. 당신은 곧 신의 윙크를 발견하고, 우주가 자신의 삶을 이끌어 준다는 사실을 깨달을 것이다.

이 열 단계를 매일 실천한다면, 당신은 자신이 올바른 길로 가고 있음을 그 어느 때보다 확신하게 될 것이고, 높은 차원의 힘을 가진 레이다 스크린에 자신이 나타나 있음을 느낄 것이다. 또한 삶을 살아가면서 당신이 옳은 길을 가고 있음을 알려 주는 신의 윙크를 발견할 것이다.

당신은 이제 다음 장을 읽을 준비가 되었다. 그럼 지금부터 신의 윙크를 이용해 더 풍요로운 삶을 사는 법, 그리고 마음속에 강렬한 희망과 바람을 가짐으로써 신의 윙크를 일으키는 법을 배우도록 하자.

신은 당신을 위해 계획을 갖고 있다

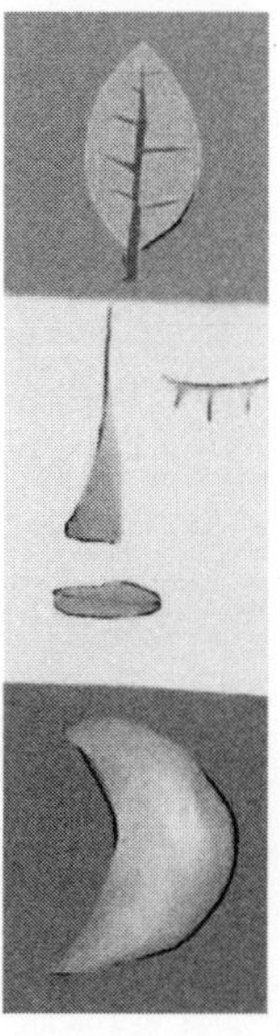

당신이 삶을 사는 두가지 방식이 있다.
하나는 아무것도 기적이 아니라고
생각하며 사는 것이고,
다른 하나는 모든 것이 기적이라고
생각하며 사는 것이다.

알버트 아인슈타인

5
열정을 다하라, 그리고 기도하라

순수한 어린 시절, 당신은 반짝이는 별에게 소원을 빌면 그 소원이 이루어진다고 믿었다. 어린 시절 당신은 이성적인 생각에 방해를 받지 않고 미래의 모든 가능성을 볼 만큼 순수한 마음을 갖고 있었다. 그 시절 당신은 무조건적으로 자신의 미래를 믿을 수 있었다.

언제부터 당신이 소원은 아이들이나 비는 것이라고 생각하게 되었는가? 도대체 누가 '이제는 철이 들어야지' 라고 말하면서 당신에게서 꿈을 빼앗아갔는가?

이제부터 소원은 반드시 이루어진다는 어린 시절의 믿음을 되찾을 필요가 있다. 나아가 자기 자신의 힘을 믿으라. 그리고 어떤 일이 일어나기를 절실히 바랄 때, 그 일이 정말로 일어난다는 것을 믿으라. 당신이 늘 되고 싶었던 '어떤 사람'이 될 수 있음을 믿으라. 스스로 불만스럽게 여기는 자신의 모습을 뜯어고칠 수 있음을 믿으라.

당신이 어떤 소원을 이루고자 원한다면 어른이 되려고 애쓰지 말고, 상상 속에서 불가능하고 비현실적인 것을 꿈꾸던, 더없이 자유로운 마음을 가졌던 시절로 돌아가야만 한다.

어른이 된 우리들은 소원을 기도나 마음속의 상상, 집중 등으로 부른다. 하지만 어린아이의 마음으로 볼 때 그것은 그냥 소원일 뿐이다.

소원과 신의 윙크는 밀접한 관계가 있다. 왜냐하면 당신의 소원이 이뤄지거나 당신의 기도에 응답이 있을 때, 그것은 종종 우연의 일치, 다시 말해 신의 윙크를 통해 나타나기 때문이다.

여기 그 적절한 예가 있다. 내가 아는 전직 여배우이자 미망인이 어려운 시절을 보내고 있었다. 남편의 생명 보험금은 이미 바닥이 났고, 설상가상으로 일자리도 구할 수 없었다. 이미 십대가 된 그녀의 아이들은 그동안 훌쩍 자라서 입던 옷이 맞지 않았고, 주방의 찬장도 텅 비어 있었다.

어느 날 아침, 그녀는 현재의 가정 형편을 꼼꼼히 따져보았다. 집세가 550달러 밀려 있었다. 44달러를 내지 않으면 전기가 끊길

판이었다. 그리고 31달러를 내라는 전화 회사의 독촉장이 그녀를
괴롭히고 있었다.

모두 합쳐 625달러가 필요한 상황이었다. 하지만 그녀의 통장
에는 잔액이 달랑 24달러만 남아 있을 뿐이었다.

그녀는 돈은 많지 않았지만, 기도하는 힘을 갖고 있었다. 시내
에 나가기 전, 그녀는 책꽂이에서 성경을 꺼내 바닥에 놓고 그 위
에 올라섰다.

"주여, 당신은 당신의 말씀 위에 서면 우리에게 필요한 모든
것을 주겠다고 말씀하셨습니다. 그래서 내가 이렇게 섰나이다."

그리고는 성경에서 내려와 밖으로 나갔다.

우편함을 열어본 그녀는 흥분을 감출 수가 없었다. 광고물 더
미에서 봉투 두 개가 떨어진 것이다. 한 봉투에는 그녀가 전에 찍
었던 광고를 아직도 내보내면서 회사측이 보낸 310달러 수표가
들어 있었다. 다른 봉투에는 그녀의 아들이 지원한 대학에서 돌
려 보낸 75달러가 들어 있었다.

새로운 희망에 들떠 그녀는 수표를 입금시키기 위해 은행으로
달려갔다. 거기서 그녀는 또다른 기쁜 소식을 들었다. 은행 직원
의 실수가 발견되어 그녀의 통장 잔액이 24달러에서 240달러로
늘어난 것이다!

돈을 모두 입금시키자 그녀의 통장에 있는 돈은 625달러가 되
었다. 그것은 그녀가 집세와 전기 요금, 전화 요금을 내는 데 필
요한 돈과 정확히 일치했다. 이 얼마나 강력한 신의 윙크인가! 만
일 당신이 신이 되어서 목소리를 내지 않고 인간과 대화하고 싶

다면, 마찬가지로 이와 같은 작은 기적과 우연, 곧 신의 윙크를 통해 자신의 뜻을 전달하지 않겠는가?

우연을 만든 사람들

당신은 자유 의지를 갖고 있다. 당신은 자신이 가진 잠재 능력을 발휘하거나, 아니면 그것을 그대로 묻어 둘 수도 있다. 삶을 여행하는 동안 당신의 손은 항상 운전대를 잡고 있다. 당신은 기도나 마음속 그림, 곧 소망을 통해 자신의 미래를 만들어 나갈 수 있다. 소망을 마음에 품고, 자신의 타고난 잠재력과 재능을 발휘할 때 하늘은 당신에게 격려의 윙크를 보내 줄 것이다.

다음의 이야기들이 그 증거다. 이 이야기의 주인공들은 우주의 저 어딘가를 향해 소원을 빌고, 분명한 의지를 갖고 자신의 운명을 이루기 위해 흔들림 없이 나아간 사람들이다. 또한 자기 자신과 창조주를 굳게 믿으면서, 삶의 길가에 서 있는 안내판, 곧 신의 윙크를 늘 민감하게 자각한 사람들이다.

그녀가 소망한 것

오프라에게는 한 가지 간절한 소망이 있었다.

그녀는 앨리스 워커가 1983년에 펴낸 〈칼라 퍼플〉이라는 책을 영화로 만든다면, 주인공 소피아 역이 자신에게 주어지기를 그 무엇보다 희망했다. 처음 그 책을 읽었을 때, 그녀는 너무 감동한 나머지 난생 처음으로 같은 책을 열 번이나 읽었다. 그러자 그녀는 마치 자신이 그 이야기 속에 들어가 있는 듯한 느낌이 들었다. 나중에 스티븐 스필버그 감독이 그 책을 영화로 만든다는 말을 들었을 때, 그녀는 자신이 그 영화에 꼭 참여해야만 한다고 생각했다.

많은 재능을 가진 그녀였지만, 연기는 자랑할 만한 것이 못 되었다. 고등학교와 대학을 다닐 때 잠깐 연기를 해본 것이 전부였던 것이다. 그녀는 아직 전국으로 방송되지도 않는 시카고 텔레비전의 쇼 프로그램 진행자에 지나지 않았다. 그런 그녀가 도대체 어떻게 스티븐 스필버그 감독의 눈에 띄어 오디션을 받을 수 있을 것인가?

그때 신이 윙크했다.

오프라가 모르는 동안에 유명한 영화 제작자이자 가수인 퀸시 존스가 〈칼라 퍼플〉의 제작권을 따냈다. 그가 바로 스필버그를 설득해 영화 제작에 참여시킨 장본인이었다. 시카고를 여행하는 길에 퀸시는 우연히 텔레비전에서 오프라 쇼를 보고서 그녀와 똑같은 결론을 내렸다. 그녀가 소피아 역에 딱 맞는다고 생각한 것이다. 그는 담당자에게 전화를 걸어 오프라에게 연락해서 오디션을 보게 하라고 말했다.

오프라는 소스라치게 놀랐다. 하지만 기회를 놓칠 정도로 정신을 못 차린 것은 아니었다. 그녀는 오디션을 보았다. 그리고……. 그 뒤로 아무 소식이 없었다. 두 달 동안 그녀는 믿을 수 없을 만큼 고통스런 나날을 보냈다. 누구도 그녀에게 전화를 걸어 연기를 잘했는지 못했는지 말해 주지 않았다. 담당자는 단지 이렇게 말할 뿐이었다.

"우리에게 전화하지 마세요, 우리가 전화를 드릴 겁니다."

그녀는 목표를 이루기 위해 무슨 일을 해야 할지 한 가지도 생각할 수 없었다. 그때 자신의 외모가 문제라는 생각이 들었다. 몸이 너무 뚱뚱한 것 같았다. 오프라는 곧바로 행동에 착수했다. 그녀는 10킬로그램 정도는 쉽게 뺄 수 있으리라는 희망을 안고 운동 시설에 등록했다.

지쳐서 나가 떨어질 때까지 그녀는 트랙을 달리고 또 달렸다. 그러면서 또 무엇을 해야 할 것인지 생각했다. 어느 날 트랙을 뛰면서 그녀는 마음을 비우기로 결심했다. 자신이 할 수 있는 모든 것을 다 했다는 생각이 들자, 오래된 흑인 영가가 문득 떠올랐다. '나는 모든 것을 하늘에 맡기네'라는 노래가. 그녀는 트랙에서 큰 소리로 노래를 부르기 시작했다.

"나는 모든 것을 하늘에 맡기네, 모든 것을 하늘에 맡기네……."

신이 다시 윙크를 했다.

그곳의 한 직원이 런닝 트랙으로 다가오더니, 헐리우드의 스티븐 스필버그 사무실에서 전화가 왔다고 그녀에게 말했다.

훗날 오프라는 말했다.

"스필버그 씨는 다음날 로스앤젤레스에서 나를 만나고 싶다고 말했어요. 그리고 이런 말을 덧붙였지요. '당신이 일 킬로그램이라도 살을 뺀다면 그 배역은 물 건너 간 거요'라고 말예요."

그녀가 맡은 역할은 하포라는 남자와 결혼하기로 결심하는 불굴의 여인 소피아였다.

오프라는 말한다.

"하포 Harpo 는 오프라 Oprah 의 철자를 거꾸로 쓴 것이었죠. 그것은 내겐 단순한 우연이 아니었어요. 그 역이 내 것이라는 신호였지요."

그녀는 소피아 역을 맡았을 뿐 아니라, 적당한 때에 영화가 개봉되는 행운까지 누렸다. 오프라 윈프리 쇼가 전국으로 방송되기 직전에 영화가 상영된 것이다. 그 뒤로 오프라 윈프리 쇼는 미국 텔레비전 역사상 가장 성공적인 토크 쇼로 자리잡았다.

이렇듯 완벽한 우연의 일치를 마무리하는 의미에서 오프라는 그녀의 쇼와 다른 프로젝트를 감독하는 회사에 매우 적절한 이름을 붙였다. 그것은 바로 '하포 프로덕션'이었다.

어떤 것을 이루고자 할 때, 당신은 적극적으로 행동할 필요가 있다. 그것은 당신이 가고 싶은 방향, 당신의 운명과 일치한다고 생각되는 방향으로 대담하게 가라는 의미다. 흔들림 없이 그 길을 가라. 당신의 소원과 기도에 대한 신의 응답을 기다리면서 자신이 할 수 있는 모든 것을 다하라. 그리고 나서 오프라처럼 마음을 비우고 신의 윙크를 기다리라.

생명을 구한 기도

뉴욕의 레녹스 힐 병원의 의사들은 심장이 정지된 채로 태어난 내 아들의 생명을 구하기 위해 정신없이 움직이고 있었다. 아이는 엄마의 자궁에 있을 동안 자신의 배설물을 마셨고, 그것이 폐를 막아 버려 자기 힘으로 숨을 쉬기가 도저히 불가능했다.

인큐베이터를 향해 기도하면서, 나는 아이의 가녀린 몸에 무려 열여덟 개의 튜브와 주사줄이 연결되어 있는 것을 볼 수 있었다. 인공호흡 장치가 아이 호흡의 96퍼센트를 대신하고 있음을 계기판의 숫자가 보여 주고 있었다. 내 아들은 단지 4퍼센트만 자기 힘으로 숨을 쉬고 있었다.

아이가 살아날 확률은 희박했다.

나는 한시도 아이 곁을 떠나지 못한 채 탁상 시계 옆에서 기도를 하다가 깜박 잠이 들곤 했다. 나는 기도하고, 또 기도하면서 내 아이의 생명을 구해 달라고 신에게 간절히 매달렸다.

내 아들의 생명이 세상에 나온 두번째 날, 새벽 여섯 시쯤 아이가 심하게 몸을 떨면서 경기를 하기 시작했다. 나는 간호사를 소리쳐 불렀다. 간호사는 아이가 발작을 하는지 지켜보라고 말하고는 황급히 의사를 부르러 갔다. 간호사가 없는 사이에 나는 아이의 폐에 연결된 투명한 튜브에서 검은 물질이 넘어오는 것을 보았다.

잠시 뒤, 나는 또다른 변화를 발견하고는 뛸 듯이 기뻤다. 아이가 기계에 의존해서 호흡하는 수치가 점점 떨어지고 있었다. 내 아들이 자기 힘으로 숨을 쉬기 시작한 것이다!

아침 여덟 시 반, 인공호흡기의 숫자가 45퍼센트로 떨어졌다. 그것은 내 아이가 55퍼센트의 호흡을 자기 힘으로 하고 있다는 뜻이었다.

나는 그 기적을 내 눈으로 똑똑히 목격했다. 나는 아들을 위해 기도했고, 마침내 내 아들은 생명을 건졌다. 아이는 뇌에 손상을 입었기 때문에 앞으로 무엇인가를 배우는 데 많은 어려움을 겪을 것이 분명했다. 하지만 내 아이는 지금도 건강하게 살아 있고, 수백 곡의 노래를 외어서 부를 정도로 대단한 재능을 가진 씩씩한 청년이 되었다.

어떤 일이 이루어지기를 간절히 바라고, 또 그 일이 틀림없이 일어날 것이라고 믿을 때, 신의 강력한 윙크는 실제로 그 일이 일어난다는 것을 분명히 보여 주었다.

대통령이 되다

어릴 때부터 빌 클린턴은 정치에 큰 매력을 느꼈다. 그는 텔레비전으로 정치 행사를 보고, 역사책을 읽고, 위대한 지도자에 대해 공부했다. 그는 자신의 정치적인 미래를 꿈꾸었다.

꿈을 추구하면서 클린턴이 처음으로 맞이한 멋진 순간은 열여섯 살 때 찾아왔다. 미국 재향군인회가 지원하는 교육 프로그램에서 학생 간부로 선발된 것이다. 그렇게 해서 클린턴은 아칸소 주의 50명의 소년들과 함께 워싱턴 DC를 여행하면서 의원들을 만나고 백악관을 방문할 기회를 얻었다.

백악관을 방문한다고 해도 존 F. 케네디 대통령과 사진을 찍는 것은 말할 것도 없고, 그를 볼 수 있을지조차 확실치 않았다. 하지만 그것은 바로 빌 클린턴이 바라는 일이었다. 당시의 한 인솔자의 말에 따르면 클린턴은 여행을 떠나기 오래 전부터 반드시 대통령과 사진을 찍겠다고 '굳은 결심'을 했다고 한다.

여행을 떠나던 날 클린턴은 갖은 방법을 써서 버스의 첫번째 자리를 차지했다. 버스에서 내려 일렬로 서서 백악관의 로즈 가든을 향해 걸어갈 때, 대통령을 가장 잘 볼 수 있는 앞자리에 있고 싶었던 것이다. 그런 일이 혹시라도 일어난다면 말이다.

그날 클린턴이 선택한 자리는 대통령이 집무실에서 로즈 가든으로 들어갈 때 이용하는 두 길 중 한쪽 길에 있었다. 하지만 안타깝게도 당시 케네디 대통령은 주로 다른쪽 통로를 이용하고 있었다.

하지만 그날 신은 윙크를 했다. 그것도 여러 번이나.

케네디 대통령은 그날 아침 워싱턴 포스트 지에서 아칸소의 청소년들이 백악관을 방문한다는 기사를 읽고, 아이들을 맞으러 밖으로 나갔다. 그는 아이들에게 간단히 이야기를 한 뒤 돌아서서 집무실로 걸어갔다. 그런데 어쩐 일인지 다시 뒤로 돌아서 클린턴이 있는 방향으로 걸어오는 것이 아닌가. 그것은 바로 클린턴이 기다려온 그 우연이었다.

클린턴은 앞으로 나가 대통령에게 손을 내밀었고, 그때 또 한 번의 우연이 일어났다. 미국 재향군인회의 사진사가 두 사람이 악수하는 장면을 찍은 것이다.

이 우연들은 아무것도 없는 진공 상태에서 일어난 것이 아니었다. 클린턴이 꿈과 이상을 이루려고 노력하면서 자신의 우연을 만들어 냈기 때문에 생긴 일이었다.

로즈 가든에서 미국 대통령과 당당하게 악수하는 청년 클린턴의 사진은 아칸소 주의 여러 신문사에 강한 인상을 주었다. 그들은 그 사진을 자기 신문에 대문짝만하게 실었고, 그 사진은 그가 이상을 가진 청년이라는 이미지를 심는 데 큰 도움을 주었다. 클린턴이 간직한 그 이상은 그가 두 차례나 미국 대통령을 지낼 때까지 그를 항상 이끌어 주었다.

소망 리스트

이제 당신이 시도할 차례다. 소망을 가지라. 어린아이처럼 미래의 이상을 향해 뛰어오르라. 당신은 자신에게 우연한 일이 일어나게 하는 힘을 갖고 있다. 이제부터 내가 묻는 질문들을 깊이 생각해 보라.

❧ 당신은 어린 시절 별을 보며 어떤 소원을 빌었는가? 집이나 학교에서 당신을 꿈꾸는 아이라고 비웃는 사람은 없었는가? 그들의 부정적인 말이 녹음된 테이프가 당신 마음에서 여전히 돌아가고 있다면, 이제 그것을 깨끗이 지워 버릴 때이다. 대신 어린 시절의 소망을 이룰 수 있다는 긍정적인 말로 바꿔 녹음하라. 그리고 그것을 종이 위에 적어 놓으라.

❧ 지금 당신은 자신의 어떤 모습을 보고 싶은가? 다시 말해 당신은 지금 무엇을 하고 싶은가? 당신의 꿈은 무엇인가?

'현실적'이 되라는 말에 귀 기울이며 망설이지 말라. 그리고 당신의 꿈에 대해 별에까지 닿을 만큼 자세하게 적으라.

❦ 이제 앞장에서 자신의 능력에 대해 적은 것을 보라. 거기에 당신의 운명에 대한 단서가 들어 있다. 당신은 그런 기술과 능력을 키우며 자신의 꿈을 실현하기 위해 조용히 준비해 왔다.

이제 그런 능력을 발휘해 자신의 꿈을 이룰 수 있는 방법을 적으라. 예를 들어 당신이 흥미를 느끼는 직업은 무엇이며, 그 직업들은 어떤 종류의 특별한 기술을 요구하는가? 어떤 종류의 사람들이 당신의 성격과 가장 잘 맞는가? 당신이 흥미를 느끼는 직업에 발을 들여 놓고, 자신과 잘 맞는 사람들과 만날 수 있는 세 가지 방법을 말하라.

❦ 당신이 언제나 만나고 싶었던 사람은 누구인가? 그 사람과 만나는 방법은 오직 그가 있는 곳을 알아내어, 용기있게 그에게 다가가는 것이다. 하지만 우리는 보통 이렇게 말하면서 스스로 그 길을 막아 버린다.

'아, 그 사람은 너무 바빠서 나처럼 별 볼일 없는 사람과는 만날 시간이 없을 거야.'

하지만 사실을 말한다면, 누군가가 자신을 만나고 싶어한다는 것을 알 때 대부분의 사람들은 기분이 좋아진다.

당신이 가장 만나고 싶은 사람의 이름을 적으라. 그들은 당신이 좋아하는 일로 당신을 이끌어 줄 수 있을 것이다. 또한 당신이 존경할 만한 삶을 살고, 무엇인가를 배우고 싶은

사람의 이름을 적으라. 당신이 그 사람과 만나서 시간을 보
낼 수 있는 방법 세 가지를 적어 보라.

이제 대답을 종이에 적어서 냉장고 문이나, 화장실 거울처럼
매일 당신의 눈길이 닿은 곳에 붙여 놓으라. 그리고 자신의 운명
을 향해 가고 있는 한, 언제 어디서든 신의 윙크를 받을 것이라고
믿으라. 안개 속의 네온사인처럼 갑자기 우연한 사건이 눈 앞에
나타나, 당신이 올바른 길을 가고 있음을 알려 줄 것이다.
　적극적으로 행동하면서, 다른 한편으로 바라는 결과를 반드시
얻을 수 있음을 의심치 않았던 빌 클린턴처럼, 당신은 먼저 간절
한 소망을 가짐으로써 자신의 우연을 만들어 낼 수 있다.
　당신은 믿어도 좋다. 신의 윙크가 일어나리란 것을.

6
가슴 뛰는 삶을 살아라

운명을 선택하는 일은 우리에게 허용되지 않는다.
하지만 운명 속에 무엇을 집어 넣는가에 따라
운명이 달라진다.

대그 함마슐트

앞장에서 우리는 목표를 이루기 위해 정신을 집중하는 것에 대해 말했다. 당신은 일어나기를 바라는 일들을 마음속에 그렸다. 이제 그 그림을 마음에 잘 간직하고, 작은 발걸음을 내디뎌 보자. 자신의 길을 가로막는 장애물에 대해 고민하느라 조금의 에너지도 낭비해서는 안 되며, 오로지 목적지에 있는 자신의 모습을 바라보며 끊임없이 앞으로 나아가라.

당신은 이렇게 생각할 수도 있다.

"길을 잃어 어디로 가야 할지 막막할 때는 어떻게 하지?"

어쨌든 그 상황에서 길가에 서서 차바퀴를 발로 차며 짜증을 부리거나 다른 사람을 욕하더라도 당신은 목적지에 한 발자국도 가까이 갈 수 없다. 다른 누군가에게 잘못이 있더라도 상황은 마찬가지다.

정말로 고속도로에서 길을 잃는다면, 마음이 이끌리는 대로 하라. 앞으로 계속 가든지, 아니면 지나쳤던 출구로 돌아가서 도로 표지판을 다시 읽고 새롭게 출발하라.

우연을 따라간 여자

내 아내 루이스 뒤아트는 배우이면서 유명인을 흉내내는 코디미언이다. 아내는 자신의 연기 인생을 돌아볼 때마다, 여러 차례 신의 윙크를 받은 일이 떠올라 신비감에 빠지곤 한다.

그녀는 어린 시절부터 연예계로 진출하고 싶었다. 연예인이 되는 것이 그녀의 간절한 소망이었다. 하지만 그녀는 단지 꿈만 꾸며 앉아 있지 않았다. 자신의 운명을 향해 가면서, 우연을 일으키는 데 꼭 필요한 행동을 했다.

당신은 내 아내의 이야기를 읽으면서, 그녀의 연기 인생에 굴곡이 있을 때마다 그녀가 올바른 길을 가고 있음을 알려 주는 신의 윙크, 곧 우연의 일치가 있었음을 알게 될 것이다.

첫번째 윙크

연기를 처음 시작할 무렵 루이스는 로스앤젤레스 대학의 한 연극에 출연했다. 그때 마침 객석에는 신인 연기자를 찾는 사람이 앉아 있었고, 그는 그녀의 연기에 깊은 인상을 받아 그녀를 만나러 무대 뒤로 찾아갔다.

당시 프로듀서인 시드와 마티 크로프트 형제는 〈HR 퍼프 앤 스터프〉(마술적인 인물들이 나오는 TV쇼)라는 텔레비전 시리즈를 연극으로 공연하면서 마녀 푸 역의 빌리 헤이스를 대신할 여자 코미디언을 찾고 있었다. 루이스는 당장에 오디션을 받고 싶지 않았을까?

막상 오디션을 받기로 결정은 했지만, 루이스는 너무 떨린 나머지 연기를 제대로 못할 것 같아 걱정이 되었다. 그래서 그녀는 자신을 지켜 줄 안전망을 만들기로 결심하고, 텔레비전 쇼에 나오는 빌리 헤이스를 그대로 흉내낸 녹음 테이프를 만들었다.

크로프트 형제의 사무실에 도착했을 때, 루이스는 불안감을 애써 누르며 먼저 녹음 테이프를 틀어도 되겠느냐고 물었다. 시드 크로프트 씨는 잠시 어리둥절했지만, 그렇게 하라고 말했다.

"이봐요."

테이프를 듣던 그가 불쑥 말했다.

"그건 빌리 헤이스 아닙니까. 왜 그걸 틀어 놓는 거요?"

루이스가 대답했다.

"빌리 헤이스처럼 들릴 뿐이에요. 이건 바로 제 목소리예요."

그녀는 곧바로 일자리를 얻었다. 신인 연기자를 찾는 사람이 우연히 그녀의 연기를 보고, 그녀에게 딱 맞는 배역을 알고 있었던 것은 그녀가 받은 첫번째 윙크였다. 동시에 그녀의 연기 인생의 첫번째 전환점이었다.

두번째 윙크

여기서 내가 그녀의 그림에 등장한다. 나는 메디슨 스퀘어 가든에서 내 딸들을 데리고 〈HR 퍼프 앤 스터프〉를 보았다. 마녀 푸로 분장한 루이스가 초록색 얼굴에 사마귀가 난 긴 코를 하고 무대 위에 불쑥 나타났을 때, 모든 사람들의 시선은 완전히 그녀에게 집중되었다. 도대체 저 여자가 누구지?

당시 나는 ABC 방송의 아동 텔레비전 담당 부사장으로서, 크로프트 형제와 함께 텔레비전 시리즈를 개발하고 있었다. 우리는 그 일에 〈캡틴 쿨 앤 콩〉이라는 록 그룹을 끌어들였으며, 시리즈에 필요한 배역 중에는 여자 코미디언도 있었다. 나는 〈HR 퍼프 앤 스터프〉에서 마녀 푸를 연기한 그 여자에게 함께 일할 것을 제안했다. 그녀가 텔레비전에 출연한 적이 한 번도 없었지만.

어떤 힘에 이끌려 나는 마녀 푸로 분장한 루이스 뒤아트를 보게 되었고, 그 힘은 다시 그녀를 〈캡틴 쿨 앤 콩〉과 함께 일하게 만들었으며, 결국 텔레비전에까지 출연시켰던 것이다. 얼마 뒤 그 록 그룹은 아주 유명해져서 뉴스위크 지의 표지에도 실렸다.

세번째 윙크

루이스는 마침내 크로프트 형제가 만든 몇몇 쇼에 출연했다. 한번은 셰어(미국의 유명한 가수)의 성대 모사자가 필요한 쇼를 막 방송하려는 순간, 그 사람으로부터 올 수 없다는 연락이 왔다. 크로프트 형제는 당황해서 어쩔 줄을 몰랐다. 방송 시간은 코 앞으로 다가와 있었다.

"나도 셰어를 흉내낼 수 있어요."

루이스가 마티 크로프트 씨 앞으로 용감하게 나섰다. 결국 그녀는 그 일을 훌륭히 해냈다. 그녀는 그날의 쇼를 구했을 뿐 아니라, 그 일을 통해 세계적인 수준의 성대 모사자가 되는 길이 열렸다. 그녀가 정확히 흉내낼 수 있는 백여 명의 유명인 중에는 바브라 스트라이젠드, 캐시 리 기포드, 바브라 월터스, 저지 주디, 프랜 드레스처는 물론 심지어 우디 알렌과 조지 번스 같은 남자들도 끼어 있다.

생각해 보라. 셰어의 성대 모사자가 나타나지 않은 신의 윙크가 없었더라면, 루이스는 과연 유명인을 흉내내는 일을 시작할 수 있었을까?

네번째 윙크

두 아이의 엄마가 되면서 루이스는 7년 동안 하던 일을 중단했다. 그런데 또 한 번의 큰 변화가 찾아왔다. 남편이 실직자가 된 것이다. 그녀는 다시 일을 시작하기로 결심했지만, 사람들의 눈에서 멀어지고 연예계에서 잊혀졌던 7년의 세월은 그녀에게는 치명적인 것이었다. 과거에 만났던 모든 사람들이 자신을 잊어버린 것 같아 그녀는 걱정스러웠다.

루이스의 이웃들은 그녀의 독특한 목소리와 유머 감각을 너무나도 좋아했다. 그래서 그들은 코미디 연기를 한번 해보라고 그녀를 부추겼다. 하지만 그녀는 아직까지 코미디 연기를 위해 준비한 것이 없다며 손을 내저었다. 그녀는 한때 연극을 했었고, 텔레비전 쇼와 광고, 만화 영화에서 목소리 연기만 했을 뿐이었다.

하지만 이웃들로부터 용기를 얻은 루이스는 7분 정도의 성대모사 연기를 모아, 밤 무대를 제공하는 코미디 클럽을 찾아갔다.

루이스가 모르는 가운데 스타 서치라는 프로그램 제작자들이 우연히 클럽에 들러 새 얼굴을 찾고 있었다. 정말 운 좋게도 루이스는 바로 그 시각에 그들 앞에 서 있었다. 스타 서치 제작자들은 그녀가 마음에 쏙 들어 당장 계약을 하자고 나섰다. 얼마 후 우리는 전국의 텔레비전에서 그녀의 모습을 볼 수 있게 되었다.

다섯번째 윙크

다섯번째 윙크는 루이스가 스타 서치 프로그램에 등장할 때 도나 섬머가 텔레비전 채널을 그곳으로 돌리는 순간 일어났다. 섬머는 자신의 순회 공연에서 먼저 무대에 나와 연기할 사람을 찾고 있었다. 공연 분위기에 맞는 산뜻한 코미디 연기를 할 사람이 필요했던 것이다.

그렇게 해서 평범한 가정 주부 루이스는 갑자기 80년대 최고의 가수 중 한 명인 도나 섬머의 공연장으로 달려가야 했다. 그 공연은 2년 동안 계속되었다.

여섯번째 윙크

1991년 루이스는 〈굿모닝 아메리카〉에서 방영할 자신의 특별

쇼를 선전하기 위해 당시의 남편인 배리와 함께 뉴욕으로 갔다. 뉴욕에 있는 동안 그들은 〈브로드웨이의 캣스킬〉이라는 쇼를 구경했다.

그 쇼에는 펜실베이니아 주의 캣스킬 마운틴 휴양지에서 재능을 갈고 닦은 네 명의 코미디언이 주연으로 등장했다. 프레디 로먼, 딕 카프리, 말 Z. 로렌스, 그리고 모창 가수인 마릴린 마이클이 바로 그들이었다.

공연이 시작되자마자 루이스는 신기하고 흥미로운 느낌에 사로잡혔다. 그 쇼에는 무엇인가 독특한 것이 있었다. 쇼가 끝난 뒤 공연장 가까이에 있는 유명한 사디 식당에서 그녀는 남편에게 속마음을 털어 놓았다.

"배리, 이건 나를 위한 쇼예요. 난 이 쇼를 꼭 할 거예요."

"물론 그렇겠지……."

남편이 어정쩡하게 대답했다. 하지만 루이스는 예언적인 본능을 갖고 있었다. 왜냐하면 잠시 뒤 그들의 테이블로 칵테일이 배달되었기 때문이다.

그녀가 웨이터에게 물었다.

"누가 보낸 거죠?"

"뒤에 있는 신사분들입니다."

웨이터가 턱으로 그 사람들을 가리켰다. 바로 옆 테이블에 〈브로드웨이의 캣스킬〉에 나오는 세 명의 남자 연기자들이 한 자리에 앉아 있었다.

프레디 로먼이 환한 미소를 지으며 루이스에게 자신과 함께 토크 쇼에 나온 것을 기억하느냐고 물은 뒤, 이렇게 말했다.

"루이스, 당신은 믿지 않겠지만, 조금 전 난 당신에 대해 말하고 있었어요. 난 이 친구들에게 만일 마릴린 마이클이 쇼에서 빠지게 되면, 그 자리에 딱 맞는 사람이 있다고 말했지요. 물론 그건 당신이지요. 하지만 당신에게 연락할 방법이 없었어요. 그런데 내가 고개를 드는 순간 당신이 거기 있지 않겠어요!"

그로부터 이 주일 뒤 루이스는 전화를 한 통 받았다.

"곧 마릴린이 그만 둘 겁니다. 〈브로드웨이의 캣스킬〉의 주연을 맡아 주시겠어요?"

그녀의 연기 인생에 다시 한 번 결정적인 순간이 닥친 것이다.

하지만 그 삶의 전환점에서 루이스는 많은 장애물에 부딪쳤다. 남편은 그녀가 뉴욕으로 가는 것을 결사적으로 반대했다. 또한 그녀의 매니저는 그녀에게 제 정신이 아니라고 말했다. 브로드웨이에서 배우가 받는 돈은 텔레비전 출연이나 순회 공연을 하는 배우가 받는 돈에 비해 턱없이 적었기 때문이다.

뿐만 아니라 루이스의 엄마와 이웃들 또한 지금 그녀가 뿌리를 내리고 있는 곳은 로스앤젤레스라고 하면서, 제발 가지 말라고 애원했다.

모든 사람들의 말이 일리가 있는 것 같았다. 하지만 사디의 식당에서 캣스킬의 코미디 배우들과 만나는 순간 그들이 그녀에 대해 말하고 있었다는 것은 정말 대단한 우연이었다. 그것은 무시하기에는 너무나도 강력한 신호였다. 무엇보다도 루이스 자신이 그것을 신의 윙크라고 확신했다.

모든 이들의 충고를 물리치고 그녀는 그 일을 선택했으며, 삶의 새로운 장을 열었다. 브로드웨이에서 주연 배우로 활약하는 것은 커다란 기회이면서, 동시에 그녀의 연기 인생의 갈림길이었다.

일곱번째 윙크

브로드웨이에서 공연한 지 일 년 가량 되었을 때였다.

당시 루이스의 매니저이기도 했던 남편이 그녀의 삶에 또 한 번 커다란 변화를 일으켰다. 그녀에게 이혼을 요구한 것이다. 그녀는 지금도 그날을 분명히 기억하고 있다. 왜냐하면 그날이 일 년 전 그녀의 아버지가 세상을 떠난 11월 13일과 같은 날이었기 때문이다.

나중에 더 큰 그림을 볼 수 있었을 때, 그녀는 그 이혼이 불행을 가장하고 찾아온 행운임을 깨달았다. 그녀는 더욱 행복해진 자신을 발견했고, 새로 고용한 매니저도 그녀에게 더욱 큰 힘이 되어 주었다.

그 일을 곰곰이 생각하면서, 루이스는 아버지가 사망한 날에 자신의 결혼도 끝이 난 우연의 일치 속에는 강력한 메시지가 담겨 있다고 결론을 내렸다. 그녀가 보기에, 그 우연에는 모든 일이 잘 되리라는 믿음을 잃지 말라는 격려의 의미가 담겨 있었다.

루이스의 삶을 안내해 준 우연들을 따라가 볼 때, 우리는 그녀가 삶의 갈림길에 설 때마다 신이 윙크를 보냈음을 알 수 있다. 그 모든 신의 윙크는 그녀가 올바른 길로 가고 있음을 분명히 알려 주는 신호였다.

꿈을 도둑맞지 말라

루이스처럼 당신은 자신의 꿈을 분명히 밝히고 나서 곧바로 행동에 들어가야 한다. 당신은 성공하는 자신의 모습을 그린 그림을 기억하는가? 이제 그것에 진정한 생명력을 불어 넣고, 3차원의 살아 있는 색깔을 입힐 때이다.

어떤 사람들은 꿈을 실현하기 위해서는 '정보의 교류'나 '전문성의 향상'이 필요하다고 말한다. 당신이 그것을 무엇이라 말하든 한 가지 분명한 사실이 있다. 꿈을 이루기란 무척 어렵다는 것이다.

하지만 그것이 당신의 삶이고, 당신이 할 일이다. 그것은 정말 해볼 만한 일이 아닌가?

당신이 꿈을 이루기 위해 아무리 열심히 노력해도 아무 일도 일어나지 않는 것처럼 느껴질 때가 있을 것이다. 그러나 절대로 중단하지 말라. 신의 윙크가 곧 있을 것이고, 당신이 할 일은 그것을 알아볼 수 있도록 준비하는 것이다.

그리고 신의 윙크가 정말로 일어날 때, 당신은 자신이 올바른 길을 가고 있다는 확신을 얻을 것이다.

자, 시작하라!

7

신은 당신을 위해 계획을 갖고 있다

내가 본 모든 것이

내가 보지 못한

창조주를 믿으라고 가르친다.

랄프 왈도 에머슨

삶에서 힘들고 고통스런 순간을 지날 때면, 그 무엇도 우리의 불안한 마음을 위로하지 못하는 것 같다. 비싼 돈을 들여 상담을 하고, 친구와 오랫동안 대화를 나누고, 심지어 이 책처럼 영감으로 가득 찬 책을 읽어도 조화를 잃은 마음이 잘 치유되지 않는 것 같다.

다음 이야기에서 앨리슨과 주디도 바로 그런 느낌을 갖고 있었다. 결국 그들을 평화로운 곳으로 데려다 준 것은 그들의 열린 마음이었다. 신은 그들에게 윙크했고, 두 여성은 열린 마음으로 그것을 알아보고 큰 위안을 받았다.

치유의 우연

열여섯 살의 앨리슨은 새아버지인 로버트 애플게이트 씨와 함께 옛날 앨범을 넘기고 있었다. 부모의 이혼과 재혼은 모든 자녀들에게 고통스런 일이지만, 특히 십대의 아이들을 힘들게 한다. 앨리슨 또한 자신의 생각과는 다른 감정을 해결하기 위해 아직도 애쓰고 있었다. 이성적으로 그녀는 엄마를 생각하면서 기쁨을 느꼈다. 엄마는 재혼한 뒤로 더욱 밝아졌기 때문이다. 새로운 삶을 시작한 아버지를 생각할 때도 기뻤다. 그녀는 새아버지 또한 사랑했다.

하지만 그녀는 상실감을 느끼지 않을 수 없었다. 지난 날 함께 살던 엄마와 아빠는 이제 같이 살 수 없었고, 그녀의 기억 속에 있는 행복한 가족을 이룰 수도 없었다. 그녀의 가족이 누렸던 행복이 앨범 사진 한 장 한 장 속에 담겨져 있었다. 엄마 아빠와 함께 즐거운 휴일을 보내는 사진, 앨리슨이 처음으로 조랑말을 타고서 기뻐하는 사진, 그리고 너무나 신났던 가족 여행에서 찍은 사진들이 행복했던 과거를 보여 주고 있었다.

앨리슨은 예의바른 태도로 새아버지에게 그 사진들을 하나하나 설명해 주고, 사진에 나오는 사람들이 누군지 손으로 짚어 가며 알려 주었다.

그러다가 그녀는 잠시 말을 멈추고 '놓치기 아까운 순간'이 담긴 사진을 보며 미소를 지었다. 사진 속의 그녀는 다섯 살이었고, 부모님을 따라 바하마 군도에 가 있었다. 얼굴에 온통 스파게티 소스를 뒤집어 쓴 계집아이의 얼굴을 보면서 앨리슨과 로버트 씨는 함께 낄낄거렸다. 사진 속의 아이는 식당에서 엄마 아빠와 함께 저녁을 먹고 있었다.

갑자기 앨리슨은 그 사진 속에서 전에는 전혀 눈치채지 못했던 어떤 것을 발견했다. 그들 바로 뒷 테이블에 한 남자가 앉아 있었던 것이다.

앨리슨이 소리쳤다.

"이 사람 좀 봐요. 새아버지처럼 생겼어요!"

"그래, 정말 그렇구나."

로버트 씨가 사진 가까이로 몸을 굽히며 말했다.

"정말 나로구나. 어디 사진에 찍힌 날짜를 보자. 맞아, 나도 그때 바하마에 있었어!"

그 우연의 일치가 앨리슨의 마음에 깊이 새겨졌다. 그녀의 엄마가 로버트 애플게이트 씨를 만나서 결혼하기 9년 전, 앨리슨의 미래의 가족은 수천 킬로미터 떨어진 섬에서 바로 옆 테이블에 앉아 있었던 것이다. 그것은 앨리슨의 마음에 평화를 가져다 준 신의 윙크였고, 모든 일이 잘 될 것이라는 신호였다.

마음이 머무는 곳

주디 비숍에게는 굉장한 우연 하나가 삶의 중요한 전환점이 되었다. 그녀는 뉴욕 시에서 열린 결혼식 축하 파티에 참석하고 있었다. 행복한 결혼을 꿈꾸는 친구와 함께 시간을 보내고 파티장을 나서면서 주디는 자신의 결혼 생활이 조금은 불만스럽게 느껴졌다.

뉴저지에 있는 집으로 가려면 그녀는 오랜 시간 차를 타고 가야 했다. 차를 세워 둔 웨스트 엔드 애비뉴의 웨스트 80가로 걸어가던 그녀는 잠시 걸음을 멈추고 무심코 어느 집 창문을 들여다보았다. 아늑하고 매력적인 분위기의 실내가 눈에 들어왔다. 그 집은 천장이 높고 나무를 많이 들여 놓은 아파트였다.

'저런 집에서 살아야 하는데.'

주디는 마음속으로 그렇게 생각했다.

이 생각을 마음에 간직한 채, 주디는 자신의 결혼 생활에 다시 활력을 불어넣기로 결심했다. 이튿날 그녀는 남편에게 이렇게 제안했다.

"이 집을 팔고 도시로 이사하는 게 어때요? 그러면 멋지고 작은 아파트도 구할 수 있고, 가까운 곳에서 함께 여가 활동도 할 수 있을 거예요. 이제는 아이들도 다 컸고, 출퇴근하는 일도 너무 힘들잖아요."

하지만 남편의 생각은 전혀 달랐다.

"절대 안 돼. 그 얘긴 더 이상 꺼내지 마."

며칠 동안 그들은 큰 소리를 지르며 말다툼을 했고, 마침내 주말이 되면서 한 가지 결론에 이르렀다. 두 사람의 성장 환경이 너무나 다르기 때문에 떨어져 살 수밖에 없다는 것이었다.

주디는 그들이 떨어져 살게 된다면, 더 이상 뉴저지까지 통근하지 않겠다고 결심했다. 그녀는 뉴욕 타임스를 집어들고 그날 오후 부동산 사무실에서 만났던 중개인의 전화번호를 찾아냈다. 그런데 그가 소개하려는 첫번째 아파트가 웨스트 엔드 애비뉴 근처의 웨스트 80가에 있음을 알고 그녀는 깜짝 놀랐다.

그들이 그 아파트에 도착했을 때, 그녀는 머릿속이 멍해지는 느낌이 들었다. 그곳은 바로 그녀가 안을 들여다보며 '저런 집에서 살아야 하는데'라고 말하던 그 아파트였다. 이렇듯 놀라운 신의 윙크를 무시할 수 없었던 그녀는 그 아파트로 이사했고, 지금까지 잘 살고 있다.

지금 스스로에게 물어보라. 뉴욕 시에는 도대체 얼마나 많은 아파트가 있을까? 하지만 정말로 세어 보려고 애쓰지는 말라. 아파트는 셀 수 없을 만큼 많을 테니까.

자기 삶이 위기에 처한 순간에 일어난 엄청난 우연을 보면서 주디 비숍이 깜짝 놀란 것은 너무나 당연했다. 하지만 그 신의 윙크는 그녀에게 새로운 자신감을 주었고, 삶의 갈림길에서 힘든 결정을 할 때 자신이 혼자가 아님을 일깨워 주었다.

때로 우리의 삶은 믿을 수 없을 만큼 비정해 보인다. 왜 착한 사람들에게 나쁜 일이 일어나는지 우리는 이해할 수 없다. 삶은 알 수 없는 불가사의이고, 우리에게 일어나는 많은 일들을 우리는 이해하지도 통제하지도 못한다. 하지만 이런 삶에 어떻게 대응할 것인가는 전적으로 우리 손에 달려 있다.

우리는 신이 보내는 위로의 윙크를 발견하고, 언제든 그것을 받아들일 마음으로 살면서, 우리가 우주의 계획의 일부분임을 믿을 수 있다. 아니면 하늘이 보내는 윙크를 무시하고 낙심한 채 살아갈 수도 있다.

우리에게 위안이 되는 근원을 무시한다면, 그것은 지혜가 부족한 것이다. 신의 윙크를 통해 우리의 삶을 긍정하고, 고통스런 순간에 상처를 위로받고, 우리가 혼자가 아니라고 믿음을 갖는 것이 더욱 좋지 않은가?

더 큰 계획

케네디 집안은 셰익스피어 가문에 비교될 만큼 많은 비극을 겪은 가문이다. 그들은 세대를 이어서 고통을 겪고 있고, 그래서 우리는 그들의 기구한 운명을 의아하게 생각할 수가 있다. 하지만 신의 윙크를 찾은 사람들은 그 비극 속에서도 위로를 받을 만한 신의 윙크를 발견할 수 있다.

1999년 7월 16일 존 F. 케네디 2세와 그의 아내 캐롤린, 그리고 처형 로라 비셋이 세상을 놀라게 하면서 비행기 추락 사고로 사망했다. 안개가 짙게 낀 밤하늘을 날던 그들의 경비행기가 마르타 포도원에서 서쪽으로 10킬로미터 가량 떨어진 곳에서 대서양으로 곤두박질친 것이다.

5일 뒤 그들의 시체가 발견되었다. 그리고 다음날인 7월 22일 그들은 바다에 묻혔다. 전국민이 텔레비전을 통해 지켜보는 가운데 그들의 가족과 친구들이 추도식을 거행했다.

당신은 이렇게 반문할 것이다.

'도대체 왜 하늘은 세 명의 젊은이들을 그토록 빨리 데려간 것일까? 이유가 무엇인가?'

하지만 신은 여러 번 특별한 윙크를 보내 이런 의문을 가진 사람들을 위로해 주었다. 비행기가 추락한 그 주에 미국 방송은 꼬리를 물고 이어지는 우연의 일치를 보도하고 있었다. 기자들은 그 사건을 보도하면서 언제나 이렇게 말을 시작했다.

"신기하게도……."

❧ 신기하게도, 존 F. 케네디 2세의 비행기 잔해를 찾고 있는 해안 경비팀은 3년 전에도 바로 그 바다에서 사라진 TWA 800편을 찾고 있었다.

❧ 신기하게도, 이 사건이 일어난 주로부터 정확히 30년 전, 존 F. 케네디 2세의 삼촌인 에드워드 케네디 상원의원이 운전하던 차가 차파퀴딕 다리에서 떨어지면서 함께 타고 있던 젊은 여비서가 죽었는데, 그 다리 역시 마르타 포도원 지역에 있었다.

❧ 신기하게도, 어린 존 F. 케네디 2세가 아버지의 책상 밑에서 밖을 내다보는 유명한 사진을 찍은 백악관의 사진사 스탠리 트래틱이 비행기 수색을 시작한 지 3일째 되던 날에 77세의 나이로 사망했다.

❧ 신기하게도, 존 F. 케네디 2세의 신분증이 자신의 소유지인 마르타 포도원 바로 옆 해변가로 밀려왔다.

❧ 신기하게도, 운명적인 여행을 떠나기 직전 케네디는 자신이 발행하는 〈조지〉라는 잡지에 실을 한 기사를 검토하고 있었는데, 그 기사는 어떤 남자가 탄 경비행기가 바다에 추락하는 영화에 출연한 배우 해리슨 포드를 특집으로 다루고 있었다.

이렇듯 끔찍한 비극 속에서 일어난 신의 윙크는 더욱 큰 계획이 있음을 믿게 하기 위해서 우리에게 급히 보낸 메시지였다.
'신은 왜 그토록 젊은 생명들을 데려갔을까?'라고 묻고 싶을 때, 우리는 단지 퍼즐의 한 조각만을 보고 있음을 깨달아야 한다. 우주에는 우리 눈에 보이지 않는 완성된 퍼즐이 있으며, 우리 모두는 그것에 딱 들어맞는 조각들이다.

아직 일어나지 않은 일 속에 마술이 있다

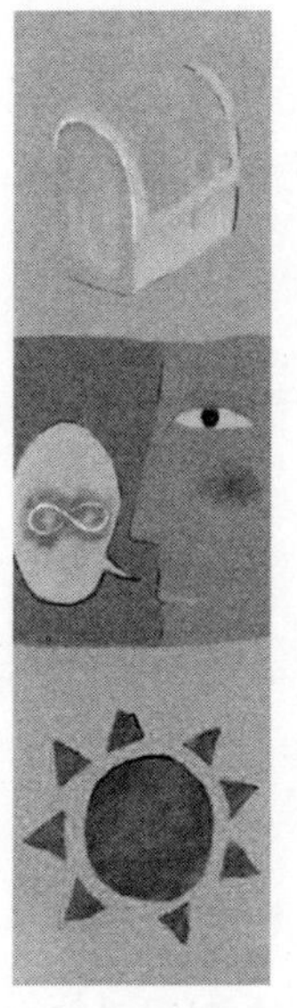

신은 다음의 두 가지 경우에 웃는다.
당신이 어떤 것을
우연이라고 말할 때와
당신이 이 다음에
어떤 것을 할 계획이라고 말할 때.

작자 미상

8
소울메이트에게 보내는 신의 윙크

삶은 사랑이라는 꿀이 담긴

한 송이 꽃.

빅토르 위고

저기 어딘가에서 당신의 완벽한 짝이 당신을 기다리고 있다. 당신의 삶에 아직 그런 사람이 없다면 말이다. 얽히고 설킨 삶의 거미줄 속에서 당신은 눈에 보이지 않는 사랑의 줄을 잡고 있다. 그리고 당신의 짝으로 운명지워진 그 소울메이트는 그 줄의 반대쪽을 잡고 있다. 따라서 당신은 자신감을 갖고, 당신을 줄의 반대쪽에 있는 사람에게 데려다 주는 신의 윙크를 발견해야만 한다.

그 일은 하루 아침에 일어나지 않는다. 신의 안내판은 작은 우연들과 함께 나타나고, 때로는 그것이 당신의 코앞에 나타날 수도 있다. 하지만 당신이 거절당하고 상처받는 것이 두려워 숨어

버린다면, 결코 그것을 볼 수 없을 것이다. 적극적으로 신이 보내는 신호를 찾고, 실제로 신호가 나타날 때 그것을 의미있게 받아들이는 것은 오직 당신에게 달린 일이다.

당신이 대부분의 사람들과 비슷하다면, 당신의 존재 속으로 들어오거나 나가는 사람들을 무심히 여기며 살아갈 것이다. 그렇다면 이제부터라도 당신은 그들에게 더 많은 관심을 기울여야 한다. 그들은 은연중에 당신의 일상적인 목표를 바꾸어 놓고, 당신 삶의 커다란 계획의 일부분이 되기 때문이다.

때로는 우연히 만난 사람이 당신의 삶을 완전히 바꿔 놓을 수도 있다. 만일 당신이 깨어 있다면, 이런 변화의 순간에 신의 윙크를 알아차릴 것이다. 그것은 당신이 올바른 길로 가고 있음을 알려 주는 윙크이다. 당신이 미래의 남편이나 아내를 만나는 것도 바로 이런 순간이다.

"두 사람은 어떻게 만났지요?"

이것은 대부분의 사람들이 한번쯤 들어보는 흔한 질문이다. 당신도 누군가를 만나 사랑에 빠졌을 때의 이야기를 갖고 있을 것이다. 하지만 당시에 전혀 우연이 일어나지 않았다면, 그것은 아마도 당신이 잘못된 길을 가고 있다는 신의 암시였을 것이다. 그 사람은 당신의 완벽한 짝이 아니었을 것이다.

분명한 것은 소울메이트를 발견한 사람들은 누구나 그들 관계에 중요한 변화가 있었을 때 뚜렷하고 강력한 신의 윙크를 받았다고 말한다는 것이다.

다음에 나오는 연인들의 이야기를 읽으면서, 그동안 당신이 사귀었던 사람들을 생각해 보라. 당신은 누군가와 데이트를 하면서 당신의 소울메이트를 알려 주는 신의 윙크를 그냥 지나친 적은 없는가?

나의 '예정된 사람'을 찾아서

1988년 쉬라 모나스트는 서른한 살이 되었고, 자신의 바쉐르트, 곧 '예정된 사람'을 간절히 만나고 싶었다. 히브리어인 바쉐르트는 소울메이트보다 훨씬 깊은 뜻을 가진 말이다. 그녀가 자신이 사는 미국 남서부에서 이스라엘로 여행하고 싶은 충동을 느낀 것은 아마도 영적인 안내를 받고 싶었기 때문일 것이다. 하지만 그녀 자신도 그 이유를 정확히 알지 못했다.

그해 7월 쉬라는 이스라엘의 고대 도시 사페드를 방문했다. 그녀가 민속 공예품을 파는 어떤 가게에 들렀을 때, 그곳에서 일하는 조각가가 그녀를 유심히 바라보며 말했다.

"당신에게 줄 것이 있습니다."

그리고는 가게 뒤쪽으로 사라졌다. 다시 돌아온 그는 가게에 있는 자기 작품들과는 사뭇 다른 동판화를 그녀에게 건네 주었다. 그 동판화에는 이마가 벗겨지고 수염이 없이 매끈한 얼굴의 남자가 여자와 어린아이를 안고 있는 모습이 새겨져 있었다. 조각가는 남자의 주변에 빛을 새겨 넣었고, 그 때문에 남자의 모습이 무척 성스럽게 보였다.

처음에 쉬라는 그것을 돌려 주거나, 아니면 값을 치르려고 했다. 하지만 가게 주인은 굳이 돈을 받으려고 하지 않았다. 그는 단지 "이것은 당신 것이오"라고 말할 뿐이었다.

이스라엘에서 돌아온 뒤, 쉬라는 자신이 살 만한 집과 그녀의 바쉐르트를 찾으면서 어쩐지 뉴욕 쪽에 마음이 끌렸다. 그래서 그녀는 맨해튼 동부에 임시로 살 집을 마련했다.

1988년 11월 그녀가 살고 있는 주소로 엽서가 한 장 날아들었다. 엽서를 집어들면서, 쉬라는 새로 이사온 자신을 어떻게 알고 엽서를 보냈는지 의아한 생각이 들었다. 엽서에는 12월 3일 파크 애비뉴에 있는 한 아파트에서 안식일 예배와 첫번째 하브라 모임이 있을 예정이라고 적혀 있었다. 하브라는 유태교의 율법을 더욱 깊이 받아들이기 위해 유태인들이 만드는 친목 단체였다.

한편 제프리 레이스의 마음은 평화로워야 했다. 그는 남들이 부러워할 만큼 성공한 사람이었다. 그는 물질적으로는 그토록 풍요로웠지만 정신적으로는 황폐해 있었다. 제프리는 자신이 무신론자라고 생각했다. 하지만 1987년 12월 한 모임에서 랍비(유태교의 목사)가 자신의 종교관을 설득력 있게 말하는 것을 들으면서 생각이 흔들리기 시작했다. 그 뒤로 그는 완전히 혼란에 빠졌다.

이듬해인 1988년 내내 유태교를 공부하고 싶은 생각이 머릿속을 떠나지 않았지만, 그는 다른 종교를 믿는 여자와 사귀기도 하면서 나침반 없이 표류하는 삶을 살고 있었다. 그때 이상한 충동이 그를 찾아왔다. 그는 어려운 생활 속에서도 나치의 유태인 학살이라는 도저히 잊지 못할 사건을 그림으로 그리는 화가를 돕고 싶었다. 그는 계속해서 다른 화가들도 도와 주었다. 또한 자연을

보호해야 한다는 생각에서 환경 관련 일에 돈과 시간을 아낌없이
쏟아부었다.

1988년 중반 제프리로 하여금 영적인 탐험을 떠나게 했던 그
랍비가 필라델피아에서 하브라 모임을 열었다. 그 모임은 마치
신선한 공기를 숨쉬는 듯한 느낌을 주었다.

제프리는 랍비에게 말했다.

"지금까지 난 나 자신이 유태인 공동체에 어울리지 않는 사람
이라고 생각했습니다. 하지만 오늘 그 생각이 달라졌습니다. 뉴
욕에도 이런 모임이 있었으면 좋겠군요."

랍비가 말했다

"당신이 직접 하브라를 여는 게 어떻겠소?"

제프리는 그 말이 믿어지지 않는다는 표정으로 랍비를 바라보
았다. 그리고 나서 조용히 말했다.

"난 할 수 없을 거예요……. 유태교에 대해 아는 게 없거든요."

하지만 그 이후 제프리는 랍비의 제안을 진지하게 고려해 보았
다. '내가 하브라를 연다는 건 말도 안돼. 그건 정말 기적과 같은
일이야.' 그는 자기 자신과 싸움을 벌이고 있었다. 그는 이렇게
생각했다.

'하지만 정말 그 일이 가능하다면, 기적을 일으키는 창조주가
있다는 것을 믿어야 하겠지.'

그로부터 몇 달 동안 제프리는 어떻게든 용기를 내보려고 애를
썼고, 결국 뉴욕의 자기 아파트에서 친목 단체를 만들기로 결심
했다. 여기저기서 소개받은 이름들로 초청자 명단을 만든 뒤 그

는 엽서를 부쳤다. 날짜는 12월 3일 토요일이었다.

하브라가 열리기 전날 밤, 제프리는 여자 친구에게 자신에게 이상한 일이 또 하나 있다고 털어 놓았다. 지난 몇 주 동안 여태까지 한 번도 가본 적이 없는 곳이 끊임없이 떠오른다는 것이었다. 사람들과의 대화, 라디오에서 흘러나오는 노래, 광고판, 심지어 뉴스조차 그 장소를 은연중에 떠올리게 했다. 어찌된 일인지 그는 그곳에 가고 싶은 강한 충동을 느꼈다.

"그곳이 어딘데?"

"뉴멕시코"

"뉴멕시코?"

"그래, 뉴멕시코 주의 알부쿼키야."

그들은 잠시 서로를 쳐다보다가, 어처구니없는 그 생각을 그냥 무시해 버렸다.

하브라가 열리던 날, 제프리는 그 모임을 충분히 알리지 않은 것 같아 걱정이 되었다. 한 사람도 안 올 것 같은 불길한 예감이 들었다. 하지만 오전 열 시까지 모임에 참석한 사람들의 수는 그의 걱정을 깨끗이 날려보냈다. 그의 아파트는 60여 명의 사람들로 북적대었다.

그날은 제프리 레이스의 삶의 전환점이었다. 그때 뒤늦게 우연의 일치 한 가지가 떠올랐다. 그날은 그가 처음으로 랍비의 말을 듣고 달라지기 시작한 날로부터 꼭 1년이 되는 날이었다.

제프리는 사람들과 함께 하루 종일 진지하게 영적인 탐구를 했다. 그런 다음 그는 사람들 앞에 서서 눈물을 글썽이며 자신을 변화시킨 영적인 여행에 대해 들려 주었다.

사람들 가운데 앉아 있던 쉬라 모나스트는 앞에서 말하고 있는 남자를 보면서 친구를 팔꿈치로 쿡쿡 찔렀다.

"바로 저 사람이야."

쉬라가 흥분한 목소리로 속삭였다.

친구가 물었다.

"누구라고?"

"저 사람이 바로 동판화에 있던 남자야. 여자와 아이를 껴안고 머리 위에서 빛이 비치는 동판화 속의 남자와 똑같이 생겼어. 잘 봐. 이마가 벗겨진 것도 똑같아."

제프리는 사람들에게 계속 말을 하고 있었다. 그런데 우연하게도 그는 자기 몸에 빛이 스며드는 환상을 경험한 일을 말하고 있었다.

오후 늦게 참석자들이 한 사람씩 제프리에게 다가가 영적으로 충만한 모임에 초대해 주어서 고맙다고 인사를 했다. 하브라는 대성공이었다. 제프리에게 인사하기 위해 기다리는 참석자 중에는 쉬라도 끼어 있었다. 그녀는 제프리의 아파트 실내 장식이 정말 멋지다고 칭찬하고, 혹시 세를 얻을 만한 집을 아는지 묻기 위해 잠시 그곳에 머물러 있었다.

그녀가 말했다.

"난 뉴욕으로 이사 올 생각이에요."

그가 물었다.

"지금은 어디서 살고 있죠?"

"뉴멕시코 주의 알부쿼키요."

제프리는 너무 놀라 말문이 막혔다. 하지만 그녀의 맑은 눈을 바라보는 순간 곧 기분이 상쾌해졌다. 그가 불쑥 말했다.

"난 언제나 그곳에 가고 싶었어요."

"정말이에요? 난 2주 뒤에 그곳으로 돌아갈 거예요,"

쉬라가 웃으며 말했다. 그녀는 깊은 행복감에 상기된 얼굴로 하나의 여행이 끝나고 또다른 여행이 막 시작되었음을 느꼈다.

그가 말했다.

"나도 당신과 함께 가겠소."

"그건 힘들 거예요. 난 카누를 타고 여행할 거예요."

"나도 카누 타는 것을 정말 좋아해요."

그는 거짓말을 했다.

그날 저녁 제프리는 하루 동안 있었던 일들을 곰곰이 생각해 보았다. 그가 기대한 것 이상을 얻은 날이었다. 마치 기적이 일어난 느낌이었다. 신이 윙크를 보내 기적을 일으키는 창조주를 믿으라고 말하는 것만 같았다.

그는 하브라를 열어 한때 도저히 불가능하다고 여겼던 일을 훌륭히 해냈을 뿐 아니라, '예정된 사람' 곧 그의 바쉐르트까지 그 모임으로 초대했다.

그날 저녁 쉬라는 엄마에게 전화를 걸어 자신의 심정을 솔직히 털어 놓았다.

"오늘 나의 바쉐르트를 만났어요. 난 그 남자와 결혼할 거예요."

　다음날 제프리는 쉬라를 저녁 식사에 초대했고, 그들은 영적인 힘이 자신들의 삶을 이끌어 준 일에 대해 오랫동안 이야기했다. 그들은 그 모든 일들을 이해하기 위해 일 년 동안 방황한 이야기를 서로에게 들려 주었다.

　함께 차를 타고 그들이 처음 만난 아파트로 가면서 제프리가 담담한 어조로 말했다.

　"당신도 알다시피 우리는 바쉐르트입니다."

　쉬라가 확신에 찬 목소리로 조용히 대답했다.

　"네, 저도 알고 있어요."

　아파트에 도착한 뒤 제프리는 식탁 주변을 서성이며 큰 소리로 상상을 펼쳤다.

　"당신은 우리가 이 자리에 앉아서 아이들과 함께 안식일 저녁 식사를 하는 모습을 상상할 수 있나요?"

　"네, 상상할 수 있어요."

　쉬라는 여자와 어린 아이를 안고 있는 동판화 속의 남자를 생각했다. 낯선 이스라엘의 조각가는 그것을 그녀에게 주면서 '이것은 당신 것이오'라고 말했었다.

　2주 뒤 제프리는 알부쿼키로 여행을 떠나 쉬라와 함께 저녁을 먹었다. 그로부터 8개월 뒤, 그들은 축복 속에 결혼식을 올렸다.

　현재 그들은 두 아이를 키우고 있다. 제프리와 쉬라에게 확신을 준 윙크는 그들이 한 점 의심없이 서로의 바쉐르트를 향해 다가가게 해주었다.

　최근에 쉬라는 제프리에 대한 이야기를 하나 더 들려 주었다.

"며칠 전 난 그 사람에게 이렇게 물었어요. '십년 뒤에도 당신은 나를 영혼의 동반자라고 생각할까요?'라고 말예요."

"물론이오."

그가 웃으며 말했다.

"나도 그럴 거예요."

쉬라와 제프리는 눈에 보이지 않는 사랑의 줄을 잡고 있었다. 그리고 신의 강력한 윙크에 의해 이해할 수 없을 정도로 서로에게 이끌렸다.

쉬라가 이스라엘에서 받은 이국적인 동판화 속의 남자는 제프리를 닮아 있었다. 쉬라는 알 수 없는 힘에 의해 제프리의 집에 초대를 받았고, 그 모임은 제프리가 영적인 깨달음을 얻은 날로부터 꼭 1년이 지난 날에 열렸다. 그리고 아무 이유도 없이 뉴멕시코 주의 알부쿼키가 제프리의 머릿속에 끊임없이 떠올랐다.

통찰력을 갖고 생각해 볼 때, 그 모든 일들은 쉬라와 제프리가 서로를 향해 다가가게 만든 신의 윙크였다.

영혼의 양식

이 이야기의 주인공은 마리아 지미티와 폴 콘이다. 마리아는 대학원생으로 캘리포니아 대학의 5년 과정의 임상 심리학 프로그램에서 2년째 공부하고 있었고, 음악적 재능이 풍부한 그녀의 가족 중에서 유일하게 연예계로 진출하지 않은 사람이었다. 당시 그녀는 쉽게 만나고 쉽게 헤어지는 일에 지쳐 잠시 남자를 만나지 않고 있었다.

폴은 대륙을 가로질러 워싱턴 DC에 살고 있었다. 그는 두 번 결혼한 적이 있었으며, 그녀보다 28살이 많았다. 당시에 폴은 일과 결혼한 것이나 마찬가지였다. 그는 레스토랑 경영자로 성공해 십여 개가 넘는 지점을 내면서 사업을 확장하고 있었다.

과연 어떤 자연의 힘이 이들을 맺어 주어, 완벽한 한 쌍의 연인으로 만들 수 있었을까?

마리아의 엄마 조니는 강인하고 자유로운 정신을 가진 여성이었다. 그녀의 엄마는 날아갈 듯한 마음으로 워싱턴 DC로 이사한 뒤 미국의 수도로 딸아이를 초대했다.

엄마가 전화로 말했다.

"넌 여기서 좋은 사람을 만날 수 있을 거야."

"엄마, 로스앤젤레스에도 남자는 많아요. 고맙지만 사양하겠어요."

하지만 1993년 봄, 공짜 비행기표를 보내 준다는 엄마의 제안에 그녀의 귀가 솔깃해졌다. 더군다나 그녀는 겨울 내내 공부하느라 지쳐 있었다.

비행장에는 딸아이를 마중하기 위해 엄마와 엄마의 남자 친구인 케이스 씨가 나왔다. 그들은 점심을 먹으러 자신들이 즐겨 찾는 조지 타운의 파올로스 레스토랑으로 곧장 가자고 말했다.

때는 바야흐로 꽃피는 봄이었다. 그들이 막 레스토랑으로 들어가려는데, 엄마가 새로운 제안을 내놓았다.

"항구 근처로 내려가자. 거기에 가면 해변가에 식탁이 있는 멋진 레스토랑이 있거든."

항구까지는 무려 다섯 블럭을 걸어가야만 했다. 마침내 새 레스토랑에 자리를 잡고 막 음료수를 주문하려는데, 케이스 씨가 화난 듯한 표정을 지었다. 메뉴판에 그가 좋아하는 맥주가 없었던 것이다.

"다시 파올로스로 돌아갑시다."

그는 막무가내로 그렇게 우겼다. 짜증스런 마음을 애써 감추며, 마리아와 엄마는 그의 주장을 받아들였고, 그들은 다시 다섯 블록이나 되는 긴 거리를 걸어 언덕 위에 있는 파올로스로 돌아갔다. 오후 3시 30분쯤 그들이 자리를 잡고 앉았을 때, 레스토랑 안에는 다른 손님들이 드문드문 앉아 있었다.

레스토랑 주인인 폴 콘은 단골 손님을 곧바로 알아보고서, 그들이 앉은 식탁으로 다가갔다. 케이스 씨는 마리아를 주인에게 소개하며 그녀와 폴의 공통점을 발견했다. 마리아는 음악 가족 출신이었고, 폴 또한 예전에 음악을 한 사람이었다.

마리아가 물었다.

"어떤 음악을 하셨죠?"

폴이 대답했다.

"70년대에 '피치즈 앤 허브'라는 그룹에 있었소."

"정말이에요?"

마리아가 흥분해서 소리쳤다.

"우리 아버지도 한때 '피치즈 앤 허브'에서 연주하셨어요. 아버지는 드럼을 치셨죠."

엄마가 덧붙였다.

"밥 지미티라는 분이에요."

"내가 아는 분이군요. 우린 한 번도 만난 적이 없지만, 밥 지미티는 로스앤젤레스에서 최고의 드럼 연주자였죠. 그 분은 바브라 스트라이젠드, 비지스와 함께 일할 정도였습니다. 밥은 정말 탁월한 연주자였죠."

폴과의 만남이 끝나기 전, 케이스 씨의 과감한 성격 때문에 마리아와 엄마는 다시 한 번 서로 곁눈질을 해야 했다. 그는 폴이 워싱턴에 새로 문을 연 나이트 클럽 '클럽 제이'에 토요일 밤 10시 30분에 가겠다고 하면서, 세 사람을 예약해 달라고 폴에게 부탁했다. 폴은 그렇게 하겠다고 말하고 나서, 자신은 그곳에 없을 거라는 말을 덧붙였다. 그렇게 늦은 밤에 그가 클럽 제이에 가는 일은 거의 없기 때문이었다.

하지만 토요일 밤 폴은 클럽 근처에 볼 일이 생겨서, 단지 마리아 일행의 예약을 확인하기 위해 클럽 제이에 가보기로 했다.

케이스 씨와 조니, 그리고 마리아가 그곳에 도착했을 때, 그는 때마침 문 앞에 서 있었다. 폴과 마리아의 눈이 마주치는 순간 그들은 첫번째 만남 때와는 사뭇 다른 느낌을 받았다. 주변의 모든 것이 사라지면서, 두 사람만 그 자리에 있는 듯한 느낌이 들었다. 그들은 이야기를 시작했고, 그들의 대화는 동이 틀 때까지도 멈출 줄을 몰랐다.

폴은 마리아에게 완전히 반했다. 그녀의 개인적인 관심사와 그녀가 공부하는 임상 아동심리학 또한 대단히 흥미로웠다. 그는 자신이 과거에 결혼해서 낳은 아이들, '피치즈 앤 허브' 그룹에서 피치즈와 결혼한 일, 그리고 연예계에서 화려한 레스토랑 경영자로 변신한 이유 등에 대해 말해 주었다.

마리아는 음악적 재능이 풍부한 다른 가족들, 곧 그녀의 아버지와 오빠, 새 엄마에 대해 설명하고 나서, 오직 그녀 자신만 다른 길을 가기로 결심한 이유를 말했다. 그녀는 전에 사귄 남자들에 대해 얘기하면서, 그 관계들이 별로 만족스럽지 못했다고 솔직히 고백했다.

그들은 밤을 꼬박 새우며 끊임없이 이야기했다. 그들의 대화는 그후에도 계속되었다. 마리아가 대학원에 다니는 3년 동안 폴은 매일 아침 마리아와 전화로 이야기를 나누었다. 아침 여섯 시에 그녀를 깨워서.

마리와와 폴은 전혀 의심하지 않았다. 나이트 클럽 앞에 있던 그 순간부터 거대한 에너지가 그들을 감싸면서 서로에게 다가가게 만들었다. 그리고 자신들이 황금보다 귀한 소울메이트를 얻었다고 확신하게 했다. 그들은 정기적으로 동부 연안과 서부 연안을 오가면서 마리아가 워싱턴으로 이사할 수 있을 때까지 3년이라는 긴 시간을 견뎌냈다. 그들은 드디어 애리조나 주의 세도나에서 서로에 대한 서약을 했고, 주위 사람들의 축하를 받았다.

폴이 한때 피치즈 앤 허브 그룹에서 활동하고, 마리아의 아버지 역시 같은 음악 활동을 했던 우연은 폴과 마리아를 위한 강력한 신의 윙크였다. 그 신의 윙크를 통해 그들은 운명적인 배우자를 향해 다가가고 있음을 확신할 수 있었다.

삶에서 신의 윙크를 민감하게 느낄 때, 당신은 자신이 어느 방향으로 가고 있는지 확실히 알 수 있다. 우주의 힘은 한 병의 술처럼 아주 사소한 것을 통해서도 당신을 소울메이트에게로 인도할 수 있다.

마침내 난 그를 발견했다!

완벽한 배우자를 발견하는 것은 보물을 발견하는 일과 같다. 하지만 당신이 보물을 발견하려면 반드시 보물을 찾아나서야 한다. 이 글을 쓰고 있을 때, 나는 비행기 안에서 어떤 여성 옆에 앉아 있었다. 그녀는 첫번째 결혼 기념일이 곧 다가온다고 하면서 내게 이렇게 말했다.

"한 남자와 깊은 사랑에 빠지고, 결혼 생활을 아무리 오래 해도 여전히 데이트하는 기분이 들고, 남편이 곁에 없으면 그리워지고, 다시 만날 때는 짜릿한 흥분을 느끼는 것은 정말로 멋진 일이에요."

그녀는 조용히 덧붙였다.

"나는 내 남편을 찾아 20년 동안 헤맸어요. 정말 대단한 인내심이 필요했죠. 하지만 난 마침내 그를 발견하고야 말았어요."

소울메이트를 발견하는 법

이 세상 어딘가에는 당신의 완벽한 짝이 있다. 완벽하게 대칭을 이루고 있는 꽃이나 우아하게 날아오르는 갈매기의 모습에서 자연의 완벽함을 볼 수 있다면, 당신의 삶 역시 그러한 완전한 균형을 찾아야만 한다.

여기 당신을 예정된 짝에게로 데려다 주는 신의 윙크를 민감하게 알아차릴 수 있게 해주는 다섯 가지 방법이 있다.

❧ 긍정적인 태도를 가지라

당신 주변을 돌아보라. 행복한 연인을 볼 때, 당신은 그들이 정말 잘 어울리는 한 쌍처럼 느껴지지 않는가? 그들의 외모가 조화를 이룰 뿐더러 삶에 대한 시각과 취향, 성격까지 잘 맞는다고 생각하지 않는가? 자연은 균형을 사랑한다. 당신이 보고 있는 행복한 한 쌍처럼 이 세상 어딘가에는 당신의 완벽한 짝이 당신을 기다리고 있다.

❧ 당신 스스로를 사랑하라

당신이 누군가를 사랑하거나 사랑받기 전에, 당신은 자기 자신과 사랑에 빠져야 한다. 당신이라는 사람은 훌륭한 점을 많이 갖고 있다. 지금은 그런 것들에 관심을 갖고, 자신의 단점이라고 생각되는 것들은 무시하라.

당신의 모습을 돋보이게 만드는 행동을 하라. 자기 자신에 대해 긍정적인 느낌을 갖고, 자신이 누군가의 완벽한 짝이라고 바로 지금 생각하라.

종이를 꺼내 놓고 당신이 온 정열을 바쳐서 하고 싶은 일 다섯 가지를 적으라. 그리고 당신을 돋보이게 할 수 있는 행동 다섯 가지를 적으라.

❧ 믿음을 가지라

소울메이트를 찾는 일은 무조건 매달린다고 되는 일이 아니다. 물론 당신은 행동할 필요가 있다. 하지만 정신없이 아무에게서나 짝을 찾지 말고, 신중하게 생각하고 확실한 방법을 선택해야 한다. 당신을 인도해 줄 안내판이 반드시 나타난다고 믿으라. 하지만 그것이 당신의 시간표에 맞춰 나타나지 않을 수도 있음을 알아야 한다.

❧ 우주의 고속도로를 따라가라

당신의 운명이라고 믿는 방향으로 꾸준히 나아가라. 길가에 앉아서 누군가 멈춰서기를 기다린다면 당신의 운명적인 짝을 끝내 만날 수 없다. 자신은 별 볼일 없는 사람이고, 자신에게 어울리는 사람이 없을 거라고 소심하게 생각하지 말라.

당신은 자신을 내세울 필요가 있다. 그러면 비로소 이정표가 보이기 시작할 것이다.

쉬라 모나스트는 그녀의 바쉐르트를 찾아서 이스라엘과 뉴욕으로 여행을 떠났었다. 이스라엘에서 만난 가게 주인은 그녀의 소울메이트인 제프리를 닮은 동판화를 그녀에게 주었다. 그 가게 주인은 그녀에게 나타난 하나의 안내판이었다. 뉴욕에 도착한 지 얼마 지나지 않았을 때, 그녀에게 엽서가 한 장 날아들어 그녀의 소울메이트가 여는 모임을 알려 주었다. 그것은 그녀에게 나타난 또 하나의 안내판이었다.

쉬라처럼 당신의 짝으로 가까이 가기 위해 당신이 거칠 수 있는 세 단계는 무엇인가?

✿당신의 완벽한 짝을 알려 주는 신호를 놓치지 말라

저기 어딘가에서 신의 윙크가 당신을 기다리고 있다. 우연과 신의 윙크를 자신이 옳은 길을 가고 있다는 의미있는 신호로 받아들이라. 그런 우연은 당신에게 확신을 주기 위해 일어난다. 신의 윙크에서 용기를 얻어 당신이 가진 최고의 모습을 보여 주라. 당신은 자신의 바쉐르트, 곧 사랑하는 사람을 아직 발견하지 못했을 때도 결코 혼자가 아니다.

사람들이 환한 빛에 이끌린다는 것을 기억하라. 당신이 자신의 능력을 알고 자신을 가장 빛나게 하는 행동을 할 때, 사람들은 당신의 존재를 알아보고, 신은 끊임없이 격려의 윙크를 보낼 것이다. 이것은 정말 놀라운 일이 아닌가.

9
가족은 신이 준 선물

슬픔은 나누면 절반이 되고 기쁨은 나누면 두 배가 된다.

아메리칸 인디언 속담

가족들 사이에선 우연의 일치가 흔히 일어난다. 그 중에서도 쌍둥이는 우연을 특히 자주 경험한다. 다음의 이야기들은 한 가족의 식구들이 어울려 살아가는 동안 하늘이 어떻게 안내의 메시지를 보냈는가를 잘 보여 준다. 이들과 비슷한 상황이 당신에게 있었는지 생각해 보고, 가까운 형제나 자매, 부모나 조부모와 관련해 당신에게 일어났던 우연을 떠올려 보라.

두 육체 속의 한 영혼

쌍둥이 자매 수지 그레이와 샌디 담 쉘은 같은 날 아이를 낳았다. 하지만 수지와 샌디에게 같은 날 아이를 낳은 일은 그들이 삶에서 겪은 많은 우연 중의 한 가지일 뿐이다.

이들 자매는 한 사람은 샌디에이고에서, 또 한 사람은 세인트루이스에서 멀리 떨어져 살 때조차도 똑같은 카드를 골라 부모님들에게 부치곤 했다. 그리고 자매가 신랑감으로 선택한 남자는 모두 엔지니어였다.

샌디가 11월 7일에 결혼하고 나서 6년이 흐른 뒤, 수지는 자기가 다니는 교회에서 결혼식을 예약할 수 있는 날이 오직 11월 7일밖에 없음을 알았다.

결혼을 한 뒤 수지는 남편이 사는 곳으로 이사했는데, 그 집은 언니네 집에서 불과 몇 분밖에 떨어지지 않은 곳에 있었다. 자매의 두 남편은 모두 미주리 주 클레이튼에 있는 그레이바 전기회사에서 일했다. 샌디가 자신의 임신 소식을 알리기 위해 기쁜 마음으로 동생에게 전화했을 때, 수지는 이렇게 말했다.

"그런데 언니, 나도 임신한 것 같아."

두 사람 모두 출산 예정일이 6월 18일이라는 것을 알았을 때 자매는 놀라움에 입을 다물지 못했다. 예정일을 6일 넘긴 6월 24일 수지는 서둘러 병원으로 가서 아이를 낳았다. 그로부터 14시간 뒤, 샌디는 동생이 방금 애를 낳고 나간 방에서 같은 의사의 도움을 받아 아이를 낳았다.

루이스빌 대학의 한 연구소는 쌍둥이가 있는 900가족을 40년에 걸쳐 조사했지만, 한 날 한 병원에서 아이를 낳은 또다른 쌍둥이 자매는 발견하지 못했다.

수지와 샌디에게 오랫동안 이어진 신의 윙크는 마치 그들이 가고 있는 삶의 길이 올바르고, 그들이 혼자가 아니라는 것을 알려 주려는 것 같았다.

형제

네덜란드 출신의 두 형제는 자신들이 유태인 학살에서 살아남은 유일한 가족이라고 생각했다. 알렉스와 어네스트가 형 졸탄을 마지막으로 본 것은 나치가 그들의 가족을 체포해 죽음의 아우슈비츠 수용소로 보내기 직전이었다.

지난 50년 동안 알렉스와 어네스트는 졸탄 형이 틀림없이 그곳에서 죽었을 것이라고 믿었다. 어네스트는 말했다.

"맞아요. 난 그렇게 생각하고 있었어요. 형이 교수형을 당해서 죽었을 거라구요."

하지만 어네스트가 유태인 학살을 증언하기 위해 텔레비전에 나왔을 때, 한 시청자가 우연히 그 프로그램을 보면서 어네스트가 자기 아버지의 아파트에 사는 졸탄 홀랜더라는 소작인과 무척 닮았다고 생각했다. 그의 아버지의 아파트는 유고슬라비아의 시골에 있었다. 그는 방송국에 전화를 걸었고, 그들은 그가 하는 얘기를 철저히 조사했다. 마침내 그의 육감이 옳았음이 밝혀졌을 때, 졸탄은 눈물의 재회를 위해 미국으로 날아왔다.

50년이라는 긴 세월 동안 졸탄은 동생들인 알렉스와 어네스트와 따로 떨어져 살았다. 하지만 신이 윙크를 보내 한 낯선 사람이 텔레비전을 보면서 어네스트가 예전의 이웃 사람과 닮았다고 생각하게 했다. 그것은 그들 형제를 다시 하나로 만들어 준 뜻깊은 우연의 일치였다.

놀라운 선물

가족들과 관련된 우연을 다시 떠올리는 것은 좋은 일이다. 그런 우연은 당신의 미래가 희망적이며, 당신이 올바른 길을 가고 있음을 알려 주는 신호이다. 여기 당신이 과거를 기억하는 데 도움이 되는 몇 가지 질문이 있다. 지금부터 당신이 겪은 우연한 일들이 떠오를 때마다 그것이 아무리 사소한 일일지라도 수첩에 적어 놓으라.

❀ 결혼식, 축제, 또는 어떤 모임에서 가족들이 함께 모였던 일을 기억해 보라. 가족 중 누가 그곳에 있었는가? 그곳에 있던 가족들을 한 사람씩 마음속으로 그리면서 스스로에게 물어 보라.

'그 당시나 또다른 시기에 그 사람에게 특별한 일이 일어난 적이 있었는가?'

❀ 누가 당신의 인생에 놀라운 선물을 주었는가? 어떤 일이 있었는가? 형이나 여동생, 또는 평소에 좋아하던 숙모나 삼촌이 어떤 우연과 함께 당신의 삶으로 갑자기 뛰어든 때가 있었는가? 가족들로부터 전혀 예상치 못한 어떤 것을 얻은

적이 있는가?

✦ 가족들 앞에서 울음을 터뜨렸던 때를 생각해 보라. 누가 집에서 멀리 떠났는가? 아니면 누가 죽었는가? 너무나 감동적인 행동을 해서 당신이 눈물을 흘리게 한 사람은 누구인가? 그때 어떤 신의 윙크가 있었는가?

✦ 애완 동물이 당신의 삶 속으로 들어오거나, 갑자기 집에서 나간 때를 생각해 보라. 그 일과 관계된 신의 윙크가 있었는가?

✦ 스스로 자부심을 느낄 만한 일을 했던 때를 생각해 보라. 가족들이 당신에게 미소를 지으며 격려하는 모습이 보이는가? 당신이 이룬 일들과 관련해서 어떤 우연의 일치가 있었는가?

아무리 사소한 우연이라도 빠뜨리지 말고 기록하면서 당신의 기억의 웅덩이를 휘젓기 시작할 때, 신의 윙크가 수면으로 떠오를 것이다. 이 책을 읽으면서 모든 이야기를 당신이 살아온 삶과 관련시켜 생각해 보라. 우주가 평생 동안 당신에게 윙크를 보내며, 당신이 올바른 길을 가고 있음을 알려 준다는 사실을 배우기 위해 부단히 자신의 삶을 돌아보라.

10
아직 일어나지 않은 일 속에 마술이 있다

중국어로 '위기'는 두 글자로 이루어져 있다
한 글자는 위험을 나타내고
다른 한 글자는 기회를 나타낸다.

존 F. 케네디

고개를 치켜들고 가파른 절벽을 눈길 닿는 데까지 올려다본다고 상상해 보라. 그리고 로프와 다른 보호 장비도 없이 절벽을 오르는 당신의 모습을 그려 보라. 당신은 불안한 자세로 손가락과 발가락을 절벽의 작은 틈새에 끼우면서 조금씩 위로 올라간다. 당신의 생명은 오로지 당신이 가진 지혜와 힘, 그리고 침착성에 달려 있다.

이제 혼자서 고독하게 그런 도전을 한다고 상상해 보라. 이렇듯 인간의 한계에 도전하는 것은 세스 그린브래트가 자기 자신과

신을 더욱 분명히 이해하는 방법이다.

그는 말한다.

"신의 영역에 도전할 때마다 내가 바라는 것은 오직 생존이었습니다. 신이 정말 있다면 내가 두려움을 극복하고 등반을 끝낼 수 있게 도와 줄 겁니다."

생명이 위태로울 때만큼 그 가치를 절실히 느끼는 때는 없다. 당신은 세스처럼 신의 목소리를 듣고 신의 윙크를 발견하기 위해 문자 그대로 자신을 벼랑으로 내몰고 싶지는 않을 것이다. 하지만 차가 없을 거라고 생각하며 도로로 내려오다가 지나가는 차에 부딪칠 뻔한 경험은 한두 번 있었을 것이다. 그때 당신은 생명의 소중함에 더욱 깊이 감사하라는 신의 '목소리'를 들은 것이다.

여기 하마터면 생명을 잃을 뻔했던 사람들의 이야기가 있다. 이 이야기들을 읽으면서 당신의 생명이 위태로웠던 순간을 기억해 보라. 그리고 신의 윙크가 때이른 죽음으로부터 당신을 구해 주어서 감사했던 순간을 떠올려 보라.

새로운 시련의 학교

세스 그린브래트는 암벽 등반에 소질이 있었다. 뿐만 아니라 애리조나 주 레슬링 팀에서도 눈부신 활약을 보여 주었다. 그는 레슬링 시합에 나가기만 하면 일 년 내내 상대를 거꾸러뜨렸으며, 학업 성적도 우수했다. 따라서 마음이 늘 즐거워야 했다.

하지만 그는 하던 일을 잠시 중단했다. 그의 형 숀이 로스앤젤레스에서 영화 배우로 성공하는 것을 보면서 자신도 그렇게 되고 싶은 강한 욕망이 생겼다. 숀이 〈엘름 가의 악몽〉이라는 영화를 찍으면서 경험한 일들은 세스에게는 너무도 흥미롭고 매력적이었다.

세스는 자기 자신과 다른 도전자들에게 잠시 '새로운 시련의 학교'에 다녀오겠노라고 말했다. 그와 형은 룸메이트로 한 방에서 지낼 예정이었다. 그런 생활도 재미있을 것 같았다.

형제는 헐리우드의 세다르 시나이 지역에 있는 한 아파트에 세를 얻었다. 그들은 처음부터 서로를 자주 볼 수 없으리란 걸 알고 있었다. 왜냐하면 숀은 하루도 빠짐없이 밤샘 촬영을 해야 했기 때문이다.

어느 날 저녁, 세스는 이사를 하면서 규칙적인 운동을 중단했기 때문에 기운이 빠진 듯한 기분이 들었다. 그래서 그는 거실에서 줄넘기를 하기 시작했다.

갑자기 격렬한 통증이 그의 이마를 파고 들었다. 통증은 그의 머리 전체로 퍼졌다. 정신이 아득해지면서 무릎에 힘이 빠졌다. 세스는 마루에 힘없이 쓰러져 기절하고 말았다. 혼자 아파트에서 쓰러진 것이다.

그 순간 숀은 시내 건너편 촬영장에서 감독의 지시를 기다리고 있었다. 밤샘 촬영은 벌써 여러 주 동안 계속되었고, 솔직히 그는 단 하루의 휴식도 기대할 수 없었다.

그때 제작 감독이 배우들에게 다가왔다.

"여러분, 좋은 소식이 있습니다, 오늘 밤은 더 이상 촬영이 없습니다."

갑자기 숀과 동료들의 얼굴에 생기가 돌고, 다들 눈 깜박할 사이에 짐을 챙겨 촬영장을 떠났다. 동생이 아직 자지 않을 거라고 숀은 생각했다. 그를 깜짝 놀라게 하는 것도 재미있을 것 같았다. 그러나 정작 놀란 사람은 동생이 아니라 숀이었다. 숀은 바닥에 쓰러져 있는 동생의 모습을 발견하고 가슴이 철렁 내려앉았다.

황급히 그는 911을 불렀다.

몇 분도 안 돼 세스는 앰뷸런스에 실렸고, 단숨에 세 블럭을 지나 세다르 시나이 종합병원으로 갔다. 그는 뇌동맥 이상으로 현재 위급한 상태에 있다는 진단을 받았다. 한 가지 좋은 소식은 세다르 시나이 병원이 세계에서 가장 훌륭한 신경외과를 가진 병원 중 하나라는 것이었다. 또한 숀이 그렇게 빨리 도움을 요청한 것은 기적이었다고 의사들은 말했다.

세스는 살아날 것 같았다.

이번에 세스는 자진해서 자기 생명을 위태롭게 만든 것이 아니었다. 이번만큼은 운명적으로 그런 위기를 맞은 것이다. 훗날 세스는 잇다른 우연이 자신을 죽음에서 구해 주고, 그 어떤 가파른 절벽보다 생명의 가치를 분명히 깨닫게 해주었다고 말했다. 세스의 생명을 구한 우연은 이런 것이었다.

첫째로, 촬영 일정이 변경되면서 숀은 그날 밤 일찍 집으로 돌아와 너무 늦기 전에 도움을 요청할 수 있었다. 둘째로, 우연히 그들은 세다르 시나이 병원 가까운 곳에 아파트를 얻었다. 그리고 세번째 우연은 그 병원이 로스앤젤레스에서 뇌동맥 질환을 가장 잘 치료하는 병원이라는 것이었다.

세스 그린브래트는 그후에도 여전히 가파른 암벽을 오르면서, 스스로 위험 속으로 뛰어들었다. 하지만 그는 자신의 생명을 구해 준 신의 윙크에 감사하는 마음은 결코 잃지 않았다.

시나리오 작가는 누구인가

루이스 그래버 박사는 손목 시계를 보면서, 위스콘신 주의 오시코시로 돌아가기 위해 밀워키 의학회의에서 몇 시쯤 떠나야 할지를 생각했다. 오시코시 병원에서 근무할 시간이 다가오고 있었던 것이다. 그는 지금 곧 떠나기로 마음먹었다.

건물의 출입구를 향해 걸어가는데, 회의실 한쪽 벽에 붙은 세미나 포스터가 그의 눈길을 끌었다. 그것은 정교한 수술 절차에 대한 강연이었다. 그는 그 강연에 흥미를 느꼈지만, 오시코시 병원의 외과의사인 그로서는 그 수술 방법을 사용할 일이 거의 없을 것 같았다. 그는 다시 한 번 손목시계를 들여다보았다. 이 세미나에 참석한다면 병원에 약간 늦겠군, 하고 그는 생각했다.

오시코시의 날씨는 찌는 듯이 무더웠다. 대학을 갓 졸업한 에릭 펠먼은 그해 여름에 철로 주변에 제초제를 뿌리는 일을 하고 있었다. 그는 철로 위를 달리는 특별히 제작된 차량을 운전하면서 작업을 했다.

그는 약혼녀 조이를 생각하고 있었다. 두 사람의 결혼식이 불과 두 달 앞으로 다가와 있었다. 그의 머릿속에는 전날 밤 모텔의 수화기를 통해 들려오던 그녀의 달콤한 목소리가 메아리쳤다. 그것은 외로운 밤에 그의 마음을 따뜻하게 감싸 준 장거리 포옹이었다.

"오, 에릭, 당신이 너무 보고 싶어요. 결혼식 때까지 기다릴 자신이 없어요."

에릭은 그녀의 말을 떠올리며 흐뭇한 미소를 지었다. 그때였다. 그가 운전하는 15톤 무게의 차량이 뭔가 이상했다. 그는 차량에서 내려와 시동 장치의 이상 여부를 점검하기 위해 엔진 밑으로 미끄러지듯 들어갔다.

갑자기 육중한 차량이 앞 쪽으로 기울었다. 순간 브레이크를 채워야 한다는 생각이 그의 머리를 스쳤다. 에릭이 재빨리 안전한 곳으로 미끄러져 나오기도 전에 거대한 쇠축이 그의 얼굴과 가슴을 짓눌렀다. 눈에서 불이 나는 것 같았다. 뜨듯한 액체가 입으로 흘러들면서 참을 수 없는 고통이 밀려왔다. 순식간에 에릭의 생명은 예측할 수 없는 상태에 빠졌다.

그는 하루의 대부분을 시골 마을 사이의 인적이 드문 선로에서 보내는 때가 많았다. 따라서 제법 큰 도시인 오시코시 근처에서 사고가 일어난 것은 기적이었다. 누군가 사고를 목격하고 도움을 요청했다.

에릭은 시간이 느리게 흘러가는 것처럼 느꼈고, 누군가 자신을 끌어내 들어올리고, 바퀴 달린 들것에 옮기는 것을 희미하게 의식할 수 있었다. 앰뷸런스의 문이 꽝 닫히고, 사이렌이 울리는 소리가 어렴풋이 들렸다. 응급실 의사들이 서둘러 달려와, 에릭의 상태를 살펴보더니 불길한 판단을 내렸다.

그의 몸통은 심하게 짓눌려 있었다. 그는 너무 많은 피를 흘리고 있었다. 그가 살아 있음을 보여 주는 맥박과 혈압, 체온 등이 모두 심하게 떨어져 있었다. 의사들은 최악의 상황을 두려워하고 있었다. 그것은 바로 간 파열이었다.

간은 스펀지와 비슷해서 촘촘히 꿰맬 수가 없다. 만일 간이 파열되었다면 생존을 확신할 수 없었다. 에릭이 수술실로 들어갔을 때, 정말로 최악의 일이 벌어졌다. 그의 간이 파열되어 있었던 것이다.

하지만 그 순간, 신이 윙크했다.

루이스 그래버 박사가 수술실로 들어섰다. 밀워키에서 방금 돌아온 그는 환자의 상태를 자세히 살펴보았다. 그는 도저히 자기 눈을 믿을 수가 없었다. 불과 몇 시간 전에 그는 세미나에 참석해 대부분의 의사들에게 알려져 있지 않은 파열된 간을 치료하는 기술을 배웠던 것이다. 그런데 바로 지금 그 기술이 필요했다!

물론 간 자체는 봉합할 수 없었다. 하지만 그래버 박사는 세미나의 내용을 떠올리면서 주변의 얇은 막을 조심스럽게 끌어당겨 접은 뒤 그것으로 간을 덮었다. 그러자 흐르던 피가 멈추었다.

몇 시간 뒤, 에릭은 천천히 눈을 뜨고서 자신을 보며 미소짓고 있는 조이의 사랑스런 눈을 바라볼 수 있었다.

결혼식은 그가 부상에서 회복될 때까지 연기되어야 했다. 하지만 몇 주 후 에릭 펠먼은 마침내 자신의 결혼식에서 가족과 친구들 앞에 설 수 있었다. 그는 그 자리에서 이렇게 말했다.

"결혼식은 축하를 위한 자리입니다. 그런데 이번 결혼식은 두 배로 축하할 일이 있습니다. 여러분은 지금 저의 생명을 구해 준 신의 기적과, 제게 조이를 보내 준 신의 기적 둘 다를 축하하고 있는 것입니다."

그래버 박사가 의학회의의 마지막 강연에 어렵사리 시간을 내어 참석하고, 에릭 펠먼의 생명을 구하기 위해 때맞춰 그곳을 떠난 우연은 분명히 멋진 신의 윙크였다.

신은 언제나 나의 협력자

세미는 두 살밖에 안 된 아이여서 자신에게 무슨 일이 일어났는지 설명할 수가 없었다. 아이는 너무나 연약해 보였다. 게다가 힘겹게 숨을 몰아쉬고 있었다.

레스터 콜맨 박사는 나중에 이렇게 회상했다.

"그 아이는 천사같은 얼굴을 하고 있었지요. 두 손으로 번쩍 들어서 가슴에 꼭 껴안고 싶은 작은 아이였지요."

걱정스런 표정의 세미 엄마는 아이가 동전을 갖고 놀고 있었으며, 자기 생각에는 아이가 동전을 삼킨 것 같다고 말했다.

곧이어 콜맨 박사와 X 레이 기사가 세미의 가슴을 찍은 필름 위로 몸을 굽히고 있었다. 아이의 기도에 동전 하나가 걸려 있는 모습이 선명하게 보였다. 콜맨 박사는 즉시 수술을 준비하라고 지시했다. 서둘러 동전을 꺼내지 않는다면, 아이는 질식해서 죽을 것이었다.

콜맨 박사는 자신의 수술팀과 상의했다. 마취과 의사는 만일 기관지경을 후두에 삽입해 아이를 마취한다면, 그 기구가 주변의 살을 붓게 만들 것이라고 염려했다. 그렇게 되면 후두의 벽이 더욱 밀착되어 동전을 꽉 조일 수도 있었다.

그러면 어떻게 할 것인가?

콜맨 박사는 잠시 생각에 잠겨 있다가 한 가지 방법을 제시했다. 마취 의사가 안전한 한도에서 15초 동안만 세미의 호흡을 아주 낮게 떨어뜨릴 수 있다면, 이완된 기관으로 들어가 장애물을 제거할 수 있다는 것이었다.

수술실에서 의료진이 민첩한 동작으로 움직이고 있었다. 마취 의사의 신호와 함께 콜맨 박사는 그의 수술팀에게 고개를 끄덕였다. 숙련된 동작으로 간호사가 아이의 목에 집어 넣을 금속 튜브를 콜맨 박사에게 건넸다. 곧이어 그녀가 핀셋을 그의 손바닥에 살짝 놓았고, 핀셋이 금속 튜브 안으로 들어가더니 눈 깜짝할 사이에 다시 나타났다. 문제의 동전을 꽉 집고서.

이 모든 일이 15초 안에 끝나자 수술실에서는 저절로 탄성이 터져나왔다.

다음날 아침, 콜맨 박사는 다른 환자를 수술하러 수술실로 들어가고 있었다. 그때 한 간호사가 다가와 세미와 엄마가 곧 퇴원할 것이라고 알려 주었다. 콜맨 박사는 세미가 떠나기 전에 아이를 꼭 껴안고 작별 인사를 하고 싶은 설명하기 힘든 충동을 느꼈다. 전에는 한 번도 느껴보지 못한 감정이었다.

그는 무슨 음모라도 꾸미듯 간호사에게 속삭였다.

"날 위해 두 사람을 잠시 붙잡아 주겠소? 떠나기 전에 X 레이를 한 번 더 찍어야 한다고 엄마에게 말하시오. 그러면 나는 사랑스런 그 아이를 한 번 더 안아줄 수 있을 거요."

그가 환자에게 X 레이를 두 번 찍게 한 적은 한 번도 없었다. 그래서 그는 아이를 안고 싶은 욕심 때문에 그들에게 추가 비용을 부담시키는 것 같아 미안한 생각이 들었다.

잠시 뒤 콜맨 박사는 활기차게 수술실 문을 나서서 꼬마 환자에게 작별 인사를 하기 위해 발걸음을 옮겼다. X 레이실을 지나가는데, 기사가 당황한 표정으로 X 레이 필름을 들여다보는 모습이 눈에 띄었다.

"왜 세미가 전에 찍은 X 레이를 다시 보고 있는 겁니까?"

아이의 목에 동전 하나가 선명하게 걸린 모습을 보면서 콜맨 박사가 물었다.

"아니에요. 이건 새로 찍은 X 레이라구요."

"뭐라구요?"

콜맨 박사는 그렇게 소리치며 놀라움에 입을 다물지 못했다. 세미가 삼킨 동전은 하나가 아니라 두 개였던 것이다. 동전 하나가 다른 동전 뒤에 교묘히 포개져 있어서, 첫번째 X 레이에서는 동전이 하나만 있는 것처럼 보였었다. 다시 한 번 세미는 수술실로 서둘러 보내졌고, 콜맨 박사와 마취 의사, 그리고 그의 수술팀은 전날처럼 15초 안에 동전을 꺼내는 수술을 반복했다.

잠시 뒤 세미는 편안한 모습으로 누워 있었다. 만일 아이가 그냥 집으로 돌아갔다면, 틀림없이 며칠 안에 숨을 거뒀을 것이다.

하지만 놀랍고도 불가사의한 어떤 힘이 아이의 생명을 살리기 위해 윙크를 보냈고, 콜맨 박사는 한 번 더 아이를 안아주고 싶은 마음에서 두번째 X 레이를 찍게 한 것이다.

당신은 이 모든 일들이 단순한 우연에 불과하다는 말로 레스터 콜맨 박사를 설득시키지 못할 것이다. 그는 항상 이렇게 말하곤 했다.

"신은 언제나 내 수술의 협력자이지요."

신은 결코 늦는 법이 없다

당신은 인도를 걸어가다 차들이 쌩쌩 달리는 도로로 발을 헛디딜 뻔한 일이 있을 것이다. 이때 당신을 구해 준 신의 윙크가 앞의 이야기에 나오는 것만큼 극적이지는 않았을 것이다. 그럼에도 불구하고 당신에게 일어난 결과는 똑같이 극적인 것이었다. 왜냐하면 눈 깜짝할 사이에 우연의 힘이 개입해 당신의 생명을 구해 주었기 때문이다. 그 순간에 당신은 자신의 생명이 바람 앞의 등불처럼 위태로웠다는 사실도 몰랐을 것이다.

앞의 이야기들을 읽으면서, 당신은 우주의 힘이 너무도 정확한 순간에 나타나 생명을 구해 준다는 사실을 알았을 것이다. 나의 할머니는 늘 이렇게 말씀하시곤 했다.

"애야, 네가 원하는 때에 신이 나타나는 건 아니란다. 하지만 그분은 결코 늦는 법이 없다."

11
우리는 결코 헤어지지 않는다

죽음과 사랑은

선한 사람이 하늘로 올라가게 해주는

두 날개이다.

M. 안젤로

삶을 마치는 순간만큼 우연이 자주 일어나는 때도 없다. 신의 윙크는 죽은 사람과 대화하는 수단일 뿐 아니라 살아 있는 사람에게 보내는 메시지다. 그 메시지를 통해 죽은 사람은 영원한 계획 속에서 할 일이 있고, 남은 우리는 이 세상에서 해야 할 일이 있음을 알게 된다.

다음의 이야기들은 비슷한 줄거리를 갖고 있다. 세상에 남은 사람들은 삶과 죽음이 서로 연결되어 있음을 느끼고, 신의 따뜻한 격려라고 생각할 수밖에 없는 우연한 일들을 경험하면서 위로

받은 사건들이다.

마지막 마감 시간

2000년 2월 13일 일요일, '찰리 브라운'의 팬들은 그들이 사랑하는 연재만화 〈피너츠〉를 그린 찰스 슐츠가 잠을 자던 도중 심장마비로 사망했다는 슬픈 소식을 접했다.

슐츠가 죽은 시점은 사람들을 깜짝 놀라게 했다. 그동안 75개 나라의 신문에 거의 50년 동안 만화를 연재하고 나서, 이제 마지막 〈피너츠〉가 연재될 선데이 잡지가 인쇄되려는 순간에 죽음을 맞은 것이다.

슐츠는 이미 3개월 전 자신이 대장암으로 고통받고 있기 때문에 더 이상 신문에 만화를 그릴 수 없다고 발표했었다. 찰리 브라운과 피넛 갱을 마지막으로 연재하면서 쓴 그의 작별 인사가 결국 그의 묘비명이 되었다.

다음이 그가 쓴 글이다.

존경하는 친구들에게

찰리 브라운과 그의 친구들을 50여년 동안 그릴 수 있었던 것은 나에게 큰 행운이었습니다. 어린 시절의 내 꿈을 실현한 것이지요.

불행히도 나는 이제 더 이상 만화를 연재할 수 없습니다. 오랜 세월 동안 성실하게 일해 준 편집인들과, 이루 말할 수

없는 성원과 사랑을 보내준 팬들에게 깊이 감사드립니다. 찰
리 브라운, 스누피, 리누스, 루시……. 어떻게 그들을 잊을
수 있을까요…….

찰스 슐츠

그에 대한 가장 적절한 찬사는 역시 만화계에서 함께 일하는
동료들의 말에서 찾을 수 있다. 〈무시무시한 하거〉를 그린 크리
스 브라운은 이렇게 말했다.

"그에게 연재 만화는 영혼을 치료하는 수단이었다……. 그리
하여 그는 자신의 영혼을 풍요롭게 하고 마침내 눈부신 다이아몬
드를 찾아냈다."

〈더 좋거나 더 나쁘거나〉를 그린 린 존스턴은 그의 죽음에 대
해 우리들 모두가 갖고 있는 감정을 이렇게 표현했다.

"그는 마지막 마감시간을 지켰다. 그것도 매우 낭만적으로."

찰스 슐츠가 자신의 일에 미친 듯이 몰두했다는 것은 아주 흥
미로운 일이다. 그는 절대 포기하지 않고 자신의 운명을 실천해
간 사람이었다. 스스로 말하듯 만화를 그리는 일은 그의 어린 시
절의 꿈이었다. 그 꿈을 이루기 위해 그는 자신의 재능을 마음껏
발휘했다.

그리고 그 길의 끝에 이르렀을 때, 그는 자신이 올바른 일을 했
다는 사실을 세상에 알려 주고 떠났다. 그는 올바른 삶을 산 사람
은 죽을 때조차도 완벽한 시간의 일치를 보여 준다는 메시지를
우리에게 전달했다.

여기 그것을 더욱 확실하게 증명해 주는 이야기가 있다.

골든 걸

NBC 방송의 앵커우먼 제시카 사비치의 죽음을 접했을 때, 나는 삶의 끝에서 우연이 훨씬 자주 일어난다는 생각이 들었다.

내가 그녀를 처음 머릿속에 떠올렸던 때는 ABC 방송의 〈굿모닝 아메리카〉라는 프로그램을 담당하던 시절이었다. 당시 나는 데이비드 하트만의 새로운 공동 진행자를 찾고 있었다. 내 마음속에 가장 먼저 떠오른 두 후보자는 뉴욕의 WABC TV에서 지역 뉴스를 진행하는 조앤 룬덴과 NBC 방송에서 일하는 제시카 사비치였다. 나는 생방송을 하는 사비치를 보면서 그녀의 매력적이면서도 품위있는 모습에 깊은 인상을 받았다.

하지만 사비치의 매니저가 뜻밖에도 너무 까다로운 조건을 들고 나오는 바람에 도저히 그녀를 쓸 수 없었다. 그러자 조앤 룬덴이 더 나은 선택으로 떠올랐다. 나는 사비치를 만나려는 시도조차 하지 않았다.

3년 뒤 제시카 사비치는 펜실베이니아 주 뉴호프에서 어처구니 없는 불의의 사고로 세상을 떠났다. 짙은 안개로 한 치 앞이 안 보이는 가운데 델라웨어 강 근처의 한 음식점에서 그녀가 탄 차가 후진을 하고 있었다. 그 차는 순식간에 4미터 아래의 운하로 곤두박질쳤고, 차에 타고 있던 제시카와 그녀의 친구는 그 자리서 숨을 거두었다.

사고가 일어나고 한 달이 지났을 즈음, 나는 우연히 뉴호프 지방에서 휴가를 보내고 있었다. 저녁 식사를 하려고 어느 식당에 들렀을 때, 나는 바로 그 식당에서 제시카 사비치의 비극이 일어났었다는 것을 웨이터로부터 들었다. 나는 슬프고 후회스런 느낌이 들었다. 그녀가 그처럼 젊은 나이에 생을 마쳤다는 사실이 슬펐고, 그녀를 만나려던 계획을 그토록 쉽게 포기한 것이 후회스러웠다. 나는 그녀를 만나 그녀의 능력을 존경한다고 말하고 싶었던 것이다.

우연하게도 휴가를 보내고 사무실에 돌아온 첫날, 나는 앨레나 내쉬라는 여자로부터 편지 한 통을 받았다. 그녀는 편지에서 자신이 제시카의 전기를 쓰고 있다고 하면서 나와 인터뷰를 하고 싶다고 말했다.

하고 많은 사람들 중에서 나와 만나려고 하다니. 나는 곧장 답장을 썼다. 내가 평소에 제시카 사비치를 무척 존경했지만 우리는 한 번도 만난 적이 없었기 때문에, 불행히도 그녀의 전기를 쓰는 데는 아무 도움이 되지 못할 거라고.

일 주일 뒤 앨래나 내쉬가 보낸 또 한 통의 편지가 책상 위에 놓여 있었다. 그녀는 편지에 이렇게 썼다.

"당신이 잘못 알고 있는 게 분명합니다. 당신은 틀림없이 제시카를 알고 있어요. 왜냐하면 그녀가 쓴 자서전에 당신 이야기가 나오거든요."

뭐라구? 제시카 사비치가 나에 대한 이야기를 했다구? 나는 당황스런 마음을 감출 수 없었다. 그때 편지 옆에 놓인 책 한 권이

134

눈에 띄었다. 얼마 전 내 비서 엘레인 알레스트라가 내게 읽어 볼 책이 있다고 말했던 일이 어렴풋이 생각났다. 내 비서는 자신이 우연히 얻은 책의 한 부분을 읽어 보라고 내게 말했었다. 그 책은 다름아닌 제시카 사비치의 자서전이었고, 내가 읽어야 할 부분에 는 종이가 꼽혀 있었다.

제시카 사비치의 글을 읽으며 몇 해 전 보스턴의 WBZ 방송에 서 한 여성과 면접을 했던 일이 어렴풋이 기억나면서, 내 눈에는 어느새 눈물이 고였다. 다음이 제시카 사비치가 자서전에서 말하 는 그때의 일이다.

나는 여러 통의 편지를 보냈다……. 그리고 마침내 보스 턴에 있는 WBZ 방송으로부터 형식적인 답장이 왔다. 그들 은 이렇게 말했다. '당신이 여행을 하다가 이곳에 들른다면, 우리에게 전화하십시오.' 나를 만나 줄 수도 있다는 암시에 불과했지만, 나는 다음날 그곳으로 떠났다.

보스턴 비콘 힐에는 내 동창생인 제프 그린하트가 살고 있 었다. 그는 잠시 시간을 내어 고속버스 정류장으로 나를 마 중나왔고, 곧바로 인터뷰 장소까지 나를 태워다 주었다.

ABC 방송의 프로그램 국장인 스콰이어 러쉬넬이 내 면접 을 보았다.

"이것은 함부로 뛰어들 만큼 만만한 일이 아닙니다."

그는 그렇게 말을 시작했다. 사실 그 말은 내가 면접을 볼 때마다 늘 듣던 말이었다. 그는 나를 채용하진 않았지만, 그

날 오후 나와 함께 한 시간 정도를 보내면서 뉴스를 진행하
는 세트를 구경시켜 주기도 했다. 그리고 나서 나는 택시를
타고 제프의 집으로 갔다. 그가 물었다.

"어떻게 됐어?"

"아주 잘 됐어."

"취직이 됐단 말이야?"

"아니."

"그런데 뭐가 잘 됐다는 거야?"

"그분이 나를 진심으로 대해 줬거든."

그가 나에게 시간을 내준 것은 내가 처음으로 받은 작은
격려였다.

많은 생각들이 내 머리를 스쳐 지나갔다. 왜 나는 제시카 사비
치가 죽은 그 레스토랑에 들렀던 걸까? 내가 휴가에서 돌아오자
마자 앨레나 내쉬의 편지가 도착해 있고, 내 비서가 제시카의 자
서전을 우연히 얻은 것은 또 얼마나 이상한 우연인가. 더구나 제
시카는 자서전에서 나와의 만남이 자기 삶의 작은 이정표였다고
암시하고 있었다.

이 이야기의 2막은 내가 라이프타임 텔레비전의 프로그램 국
장 주디 기라드와 만나면서 시작되었다. 나는 먼저 그녀에게 축
하의 인사를 건넸다. 당시 라이프타임 방송이 제작한 〈골든 걸,
제시카 사비치 이야기〉가 가장 훌륭한 텔레비전 다큐멘터리 영
화로 평가받았기 때문이다. 곧이어 나는 주디에게 나와 제시카의

인연에 대해 말해 주었다. 그런데 놀랍게도 그녀 또한 제시카 사비치와 관련된 우연을 간직하고 있었다. 그 우연은 그녀가 펜실베이니아 대학을 다닐 때 제시카의 룸메이트라는 사실에서부터 시작되었다.

그런데 제시카가 주디의 친구라는 것을 모르는 한 제작자가 주디에게 제시카 영화를 만들자고 제안했다. 처음에 주디는 부정적인 반응을 보였다. 그녀는 예전 룸메이트의 매우 비밀스런 일들을 몇 가지 알고 있었고, 진실된 영화를 만들려면 제시카의 가족들에게 상처를 줘야 하기 때문이었다.

하지만 몇 주 뒤 일어난 또다른 우연 때문에 그녀의 생각은 바뀌었다. 주디는 펜실베이니아 대학에서 제시카 사비치 장학금을 받는 졸업생들 앞에서 연설하기로 되어 있었다. 그녀는 그곳에서 제시카의 자매들을 발견하고서 무척 반가웠다. 그 만남은 그녀가 영화에 대해 말을 꺼낼 수 있는 뜻밖의 기회를 주었다. 제시카의 자매들은 그 영화에 적극적으로 찬성했을 뿐 아니라, 제시카에 대한 진실된 사후 다큐멘터리가 되도록 그 내용을 감독하겠노라고 말했다.

나는 제시카가 죽은 뒤 내가 그녀를 알고 있었을 뿐 아니라, 그녀의 삶에 다소 영향을 주었다는 것을 알았다. 그런데 주디 기라드에게 일어난 우연 또한 이것 못지 않게 특별한 것이었다. 그녀는 제시카를 잘 알고 있었지만, 자신과 제시카가 룸메이트였다는 사실을 모르는 제작자로부터 영화 제안이 들어오고, 곧이어 제시카의 자매들을 우연히 만나면서 그녀와 라이프타임 방송사에게

최고의 다큐멘터리 영화를 만드는 기회가 될 줄은 상상도 할 수
없었다.

무덤의 윙크

1983년 〈옌틀〉이라는 영화가 개봉되었다. 그것은 남자에게만
허용된 유태교 율법을 배우기 위해 남자로 가장한 어느 유태인
소녀를 그린 영화였다. 바브라 스트라이젠드는 이 영화의 주연과
감독을 맡았을 뿐 아니라 시나리오까지 썼다.

"나는 이 영화에 특별한 애착을 갖고 있었어요. 왜냐하면 어느
면에서 이 영화는 내가 어렸을 때 돌아가신 아버지께 바치는 영
화거든요."

이 영화가 그녀의 아버지와 관계가 있다는 것은 분명했다. 영
화가 시작되면서 처음으로 나오는 대사가 "옌틀, 아빠는 잘 지내
셔?"이기 때문이다.

그리고 아빠가 죽을 때, 바브라는 이렇게 노래한다.

"아빠, 두려움에 떨지 않도록 나를 도와 주세요. 난 아빠가 내
게 가르쳐 준 모든 것을 기억하고 있어요. 아빠, 밤마다 내게 굿
나잇 키스를 해주던 아빠의 모습이 너무나 그리워요."

시나리오를 완성한 뒤 바브라는 여태까지 한 번도 하지 않았던
일을 해야겠다고 마음먹었다. 그것은 아버지의 무덤을 찾아가는
일이었다. 묘지의 평화와 정적을 마음 깊이 느끼면서, 바브라는
이 영화가 아빠를 기념하는 영화라는 것을 알려 주면 좋겠다고

생각했다.

지난 날의 기억에 빠져 있던 그녀는 웬일인지 옆 무덤에 시선이 끌렸다. 그녀는 그 무덤의 묘비에 새겨진 이름을 보고 깜짝 놀랐다. 그것은 놀라운 신의 윙크였고, 그녀의 영화에 대한 극적인 확신의 표시였다.

"묘비에 새겨진 이름은 내가 고심 끝에 시나리오에 적어 놓은 주인공 소년의 이름이었어요."

그것은 흔치 않은 유태인 이름인 안쉘이었다.

바브라 스트라이젠드는 말한다.

"이런 우연의 일치가 또 어디 있겠어요?"

영원 너머에서

캐롤린 쉬로스는 절망에 빠져 있었다. 예년과 달리 4월 중순에 몰아친 눈보라 때문에 그녀의 엄마가 탄 차가 도로에서 미끄러지면서 그 자리에서 엄마가 목숨을 잃었던 것이다. 엄마는 그녀의 절친한 친구였다. 사람들은 두 모녀가 함께 학교를 다니는 여학생들 같다고 말했다. 두 사람은 주중에는 나란히 시내로 통근하고, 주말에는 함께 골프나 스키를 하러 다녔다.

캐롤린의 엄마는 재능있고 성공적인 뉴욕의 패션 삽화가였다.

그녀는 신문 광고에 그림을 그리고, 여러 백화점을 상대하는 광고회사에 자신의 작품을 팔았다. 캐롤린이 대학을 졸업하자마자 엄마는 광고회사에서 일할 것을 권하면서, "매일 뉴욕으로 가는 기차를 탈 만큼 용감해져야 한다"고 딸을 격려했다.

하지만 엄마가 세상을 떠난 뒤 캐롤린은 매일 매순간이 공허하게만 느껴졌다. 엄마 없이 매일 직장에서 지하철 역까지 걸어가는 길은 무척이나 외로웠다. 어느 날 황혼이 질 무렵, 그녀는 엄마의 첫번째 고객이 있는 빌딩의 건너편 인도로 걸어가고 있었다. 그 빌딩의 가게들은 쇼윈도를 환하게 밝혀 놓고 있었다.

그런데 쇼윈도 안의 어떤 것이 캐롤린의 시선을 잡아끌었다. 그것은 바로 그녀의 엄마였다! 그녀의 엄마가 쇼윈도 안에 앉아 있었던 것이다!

서둘러 길을 건너가면서, 캐롤린의 가슴은 쿵쿵 뛰고 있었다. 그녀는 너무 당황스러워 머리가 어지러울 정도였다. 쇼윈도를 자세히 바라보면서, 캐롤린은 그것이 마네킹이라는 것을 알아차렸다. 엄마와 똑같이 생긴 마네킹이 엄마 옷을 입고 패션 그림과 잡지가 흩어져 있는 탁자 위로 몸을 구부리고 있었다. 마네킹은 스키를 타러 갈 날짜가 표시된 달력을 바라보고 있었다. 달력에는 이런 글이 적혀 있었다.

'토미와 점심 약속. 레이에게 전화할 것.'

토미는 캐롤린의 남동생이었다. 그리고 레이는 그녀의 아버지였다. 생명이 없는 마네킹의 모습은 섬뜩하면서도 매혹적인 느낌을 주었다.

"마치 유령 같아."

캐롤린이 혼잣말을 했다.

그 뒤로 몇 주 동안 캐롤린은 매일 쇼윈도 앞에서 걸음을 멈추고 엄마의 모습을 바라보았다. 그것을 볼 때마다 그녀는 기분이 좋아졌다. 그때마다 자신과 엄마와의 비밀스런 관계를 느낄 수 있었고, 엄마가 좋은 곳에 있다는 믿음이 생겼다.

캐롤린이 말했다.

"이 모든 일들이 일어난 배경에는 무엇인가가 있다고 나는 생각해요. 영원한 삶 또는 이 우주와 관련된 뭔가가 있다구요. 이런 우연을 보면서 난 엄마가 눈에 보이지 않는 방법으로 나를 돕고 있다는 것을 깨달았어요."

이 이야기를 쓰고 얼마 지나지 않았을 때, 나는 내가 다니는 퀘이커 힐 교회 목사님으로부터 강연 요청을 받았다. 내가 교회에 도착하자마자 한 집사님이 열세 명의 이름이 적힌 명단을 내게 건네 주었다. 강연이 끝나고 마지막 찬송을 하기 전에 강연자가 몇몇 신도들을 위해 축복 기도를 드리는 것이 그 교회의 관례였기 때문이다.

나는 강연 중에 캐롤린 쉬로스의 이야기도 들려 주었다. 그녀는 지금 샌프란시스코에 살고 있지만, 퀘이커 힐에서 어린 시절을 보냈기 때문에 그녀를 기억할 사람들이 있을지도 몰랐다. 신도들은 내 말에 진지하게 귀를 기울였고, 특히 캐롤린의 경험에 깊은 감동을 받은 듯했다.

강연이 끝나고 명단에 있는 사람들을 위해 축복 기도를 하는 순서가 되었다. 나는 천천히 한 사람 한 사람의 이름을 불렀다. 그런데 명단의 마지막 이름을 보는 순간, 내 입은 얼어붙어 버렸다.

나는 방금 도착한 신의 윙크를 신도들과 함께 나누면서 눈시울이 뜨거워졌다. 명단에 있는 마지막 이름은 바로 캐롤린의 아버지인 레이 쉬로스였다.

노래

머핏(손을 넣고 조작하는 인형)을 창조한 천재 짐 헨슨은 조 라포소와 깊은 관계를 갖고 있었다. 조 라포소는 독창적인 아동 프로그램인 〈세서미 스트리트〉의 유명한 노래들을 혼자서 대부분 작곡한 사람이다.

두 남자를 가까이 연결시킨 것 중에는 커미트 개구리의 히트송 〈초록이 되는 건 쉽지 않아요〉도 들어 있다. 그것은 인종 차별에 대해 조용히 말하는 노래였다. 헨슨은 커미트 개구리의 목소리를 냈고, 라포소는 그 노래를 작곡했다.

헨슨과 라포소는 또 하나의 공통점을 갖고 있었다. 그들은 모두 이른 나이에 죽었다. 1989년 2월 5일 라포소는 51세의 나이로 사망했다. 1990년 5월 16일 PBS 텔레비전은 그의 삶과 노래를 기념하는 〈노래〉라는 특별 방송을 내보냈다. 그리고 1990년 5월 16일은 바로 헨슨이 53세의 나이로 사망한 날이었다.

우리는 결코 죽지 않는다

깊은 슬픔에 빠져 있을 때 당신은 왜 하늘이 사랑하는 사람을 데려갔는지 이해하지 못할 것이다. 하지만 신은 윙크를 보내 우리의 삶은 한 번으로 끝나는 것이 아니라 끝없이 순환하는 것이며, 사랑하는 사람과의 연결은 결코 끊어질 수 없다는 사랑의 메시지를 전해 준다.

사실 앞의 이야기에 나오는 신의 윙크들은 살아 있는 사람들을 위한 것이었다.

주디 기라드는 제시카의 자전적인 영화를 만들어야 할지 고민하고 있었다. 그때 신이 윙크를 보내 그녀로 하여금 제시카의 자매들과 우연히 만나게 해주었고, 그 결과 그녀는 영화를 만들기로 결심했다.

바브라 스트라이젠드가 문자 그대로 무덤으로부터 받은 윙크는 그녀가 아버지에게 바치는 영화를 만들어 아버지의 죽음을 더욱 쉽게 받아들이도록 도와 주었다.

캐롤린 쉬로스는 쇼윈도에 있는 엄마처럼 생긴 마네킨에서 큰 위로를 받았다. 그녀는 그 마네킨이 엄마가 좋은 곳에 있음을 보여 주는 증거라고 생각했다.

짐 헨슨의 가족과 친구들은 그의 때이른 죽음을 어떻게든 이해하기 위해 애쓰고 있었다. 하지만 헨슨이 사망한 날에 그의 동료를 기념하는 특별 텔레비전 방송을 내보낸 신의 윙크는 그들에게 어떤 메시지를 전해 주었다. 그들은 그 우연을 통해 이 세상에는 어떤 질서가 있음을 깨닫고 작은 위로를 받았다.

당신이 존경하는 사람이나 가까운 누군가가 죽었을 때, 모든 일이 잘 될 것이라는 사실을 마음 깊이 간직하라. 당신은 전체 퍼

즐에서 단지 한 조각만을 보고 있을 뿐이다. 우주적인 시각에서
본다면, 모든 조각들은 완벽하게 이해될 수 있다.

12
역사 속의 우연

미국 독립 선언문 작성에 가장 깊이 관여한 존 아담스와 토마스 제퍼슨은 1826년 같은 날 죽었다.

단 하루도 틀리지 않는 같은 날이었다. 하지만 그날은 그냥 평범한 날이 아니었다. 그들은 역사적인 독립 선언문이 서명된 7월 4일에 죽었다. 하지만 그날은 단순한 7월 4일이 아니었다. 그날은 독립 선언문에 서명한 지 50주년이 되는 기념일이었다.

작은 서재에 앉아 이 놀라운 우연의 일치에 대해 곰곰이 생각하던 나는 그들이 살아 있을 동안 두 사람이 함께 관련된 또다른 우연한 일들이 있지 않을까 하는 생각이 들었다. 그 해답을 찾기 위해 나는 그들이 사망한 날을 조사하기로 결심했다. 1826년 7월에 미국 대통령이 누구였든지, 두 사람이 같은 날 세상을 떠난 우연에 대해 틀림없이 어떤 찬사나 언급을 했을 것이라고 나는 생각했다.

나는 방 한쪽에 있는 책꽂이로 가서, 내가 모아 놓은 소박한 책들 속에서 연감을 꺼내 들었다. 아담스와 제퍼슨이 죽을 당시 백악관의 주인은 존 아담스의 아들인 존 퀸시 아담스였다. 하지만 그 책에는 존 퀸시 아담스 대통령이 두 사람이 같은 날 죽은 우연에 대해 찬사나 언급을 한 기록이 전혀 없었다.

그때 내가 뽑은 책 바로 옆에 꽂힌 검은색 표지의 얇은 책이 눈에 띄었다. 할아버지의 장례식에서 책이 가득 담긴 상자를 가져온 이래로 나는 12년 동안 그 책을 한 번도 들춰 본 적이 없었다. 내가 촌스럽게 생긴 그 책을 무시했던 것은 조금도 이상한 일이 아니었다. 책의 제목부터 내 시선을 끌지 못했다. 그 책은 〈웹스터의 위대한 연설〉이라는 상투적인 제목을 달고 있었다.

책의 속표지는 약간 호기심을 가질 만했다. 속표지에는 고전적인 서체로 〈다니엘 웹스터의 위대한 연설과 상원에서의 발언〉이라고 선언하듯 적혀 있었다. 하지만 1826년 8월 2일에 행한 웹스터의 첫 연설이 '아담스와 제퍼슨에 대한 찬사'라는 것을 발견하고서 내가 얼마나 놀랐을지 한번 상상해 보라.

내가 찾던 것이 바로 그 책에 있었던 것이다! 연설을 천천히 읽어 내려가자, 웹스터 상원의원의 격조 높은 문체가 행간을 장식하며 역사의 두 영웅 사이에서 발견되는 많은 우연들을 말하고 있었다. 여기서 다니엘 웹스터 상원의원의 목소리로 그 감동적인 찬사의 말을 들어보자.

아담스와 제퍼슨은 더 이상 이곳에 없습니다. 하지만 그들이 독립 기념일에 함께 세상을 떠난 우연의 일치는 우리에게 큰 감동을 불러일으킵니다.

두 사람은 선언문 서명 50주년을 살아서 지켜보고, 또 그렇게 50년을 마무리했습니다. 그리고 그들의 명성이 국가의 영광으로 영원히 이어지는 날에 하늘이 열리면서 두 사람을 받아들인 것은 참으로 인상적이고 특별한 일이 아닐 수 없습니다.

아담스와 제퍼슨의 삶과 운명에는 유사한 점이 많이 있습니다.

그들은 둘 다 학식과 능력을 겸비한 뛰어난 변호사였습니다. 그들은 영국 식민지였던 동부의 13개 주 중에서 두 주의 토박이 주민이었습니다. 혁명 당시 두 주는 가장 크고 강력한 힘을 갖고 있었으며, 자연히 정치적으로 주도적인 역할을 했습니다.

두 사람은 결단력이 있었을 뿐 아니라, 독립 초기부터 매우 절친한 친구 사이였습니다. 다른 사람들이 주저하는 동안 그들은 단호하게 행동했습니다. 다른 사람들이 의심하는 곳에서 그들은 앞장서 나갔습니다.

두 사람 모두 독립 선언문 준비 위원회의 구성원이었습니

다. 그리고 그들은 선언문의 초안을 작성하기 위해 소위원회
를 만들었습니다. 두 사람 모두 외무장관, 부통령, 그리고 대
통령을 지냈습니다.

　이런 우연의 일치는 이제 멋진 유종의 미를 거두었습니다.
그들은 함께 세상을 떠났고, 그것도 자유를 기념하는 날에
눈을 감았습니다.

　이런 일들을 보면서 두 사람은 우연한 인물들이 아니라는
생각이 들지 않습니까? 하늘은 때로 사람들의 이목을 집중
시키고 생각을 자극하기 위해 우연을 일으킨다는 생각이 들
지 않습니까?

내 느낌이 정확했던 것이다! 나는 그 책의 출판 연도를 살펴보
았다. 1853년이었다. 그러자 또다른 생각이 떠올랐다. 내가 열심
히 찾던 아담스와 제퍼슨에 대한 찬사의 글이 지금으로부터 거의
150년 전에 출판된 〈웹스터의 위대한 연설〉이라는 작은 책 속에
담겨 있다는 것을 생각해 보라. 그런 책을 지금 발견한다는 것이
도대체 가능한 일일까?

　재미있는 일은 내가 동부의 공공 도서관의 컴퓨터를 모두 조사
한 끝에 마침내 의회 도서관의 희귀본 소장실에서 그 책을 단 한
권 발견했다는 것이다. 다른 도서관에서는 〈웹스터의 위대한 연
설〉이라는 제목을 가진 책을 전혀 찾을 수가 없었다.

　하지만 할아버지가 내게 그 한 권을 전해 주셨고, 그 책은 바로
저 책꽂이에 꽂혀 내가 발견해 읽어 주기를 기다리고 있었다. 이

런 일이 정말 가능한 것일까? 틀림없이 신이 윙크를 한 것이다.

링컨과 케네디

당신은 또다른 두 대통령, 곧 아브라함 링컨과 존 F. 케네디가 많은 공통점을 갖고 있다는 말을 들어 보았을 것이다.

이제부터 링컨이 암살당한 워싱턴 DC의 포트 극장에 기록되어 있는 놀라운 우연의 고리를 살펴보자.

링컨과 케네디는 정확히 100년을 사이에 두고 1860년과 1960년에 대통령에 선출되었다.

링컨과 케네디는 자신들이 백악관에 있을 동안 죽은 자식을 땅에 묻어야 했다.

링컨 대통령의 비서 이름은 케네디였고, 케네디 대통령의 비서 이름은 링컨이었다.

두 대통령의 비서는 그들에게 암살당한 장소로 가지 말라고 충고했다. 이런 충고를 물리치고 링컨은 극장으로, 케네디는 텍사스 주의 달라스로 갔다.

두 사람 모두 아내가 있는 자리에서 머리 뒤에 총상을 입고 사망했다.

암살당한 대통령의 자리를 이어받은 부통령들은 모두 전직 상원의원이고, 남부 출신이며, 둘 다 이름이 존슨이었다.

두 부통령 앤드루 존슨과 린든 존슨은 정확히 100년을 사이에 두고 1808년과 1908년에 태어났다.

두 암살자 모두 세 단어와 15개의 알파벳으로 된 이름을 갖고 있었다. 그들의 이름은 각각 존 윌크스 부스John Wilkes Booth와 리 하비 오스왈드Lee Harvy Oswald였다.

두 암살자는 100년을 사이에 두고 1839년과 1939년에 태어났다.

부스는 극장에서 링컨을 쏘고 창고로 도망쳤으며, 오스왈드는 창고의 높은 곳에서 케네디를 쏘고 극장으로 도망쳤다.

두 암살자 모두 재판을 받기 전에 사망했다.

링컨과 케네디는 모두 시민의 권리를 향상시킨 위대한 업적을 남겼다.

두 대통령의 성, 곧 링컨Lincoln과 케네디Kennedy는 모두 일곱 개의 알파벳으로 이루어져 있다.

존 F. 케네디와 조지 W. 부시

2000년 11월 17일 워싱턴 포스트 지는 1960년 존 F. 케네디와 리처드 닉슨, 그리고 2000년의 조지 W. 부시와 앨 고어의 대통령 선거를 비교하면서 놀랄 만한 공통점을 보도했다.

1960년과 2000년의 대통령 선거 모두 미국 역사상 최고의 접전이었다.

부통령에서 대통령으로 입후보한 두 사람, 곧 닉슨과 고어는 똑똑하고, 정치적인 수완이 있고, 선거전에서 조금은 완고한 인상을 주었다.

그들의 상대 후보인 케네디와 부시는 부자이고 미남이며, 젊은 시절 버릇 없는 청년이라는 평판을 들었다.

텔레비전 방송은 앞다퉈 선거 결과를 예상했는데, 나중에는 결국 자신들의 예상을 뒤집어야 했다.

두 부통령 닉슨과 고어는 각각 부분적인 양보를 했지만, 나중에 그것을 철회했다.

닉슨과 고어 진영은 투표자들의 애매한 기표에 불만을 나타내면서 재검표를 요구했다.

시카고 출신의 강력한 영향력을 가진 데일리 가문의 사람들이 두 선거에서 중요한 역할을 했다. 1960년 시카고 시장 리처드 데일리는 일리노이 주에서 민주당의 승리를 위해 자신의 정치 조직을 이용했다는 비난을 받았다. 그의 아들이자 전 상무장관인 윌리엄 데일리는 민주당원인 엘 고어의 선거 참모였다.

두 선거에서 부통령 출신인 닉슨과 고어는 모두 패배했다.

역사 속에서 일어난 신의 윙크를 생각하는 것도 흥미롭지만, 당신의 삶에서 일어난 신의 윙크를 보는 것은 더욱 재미있는 일이다. 유명한 역사 속 인물들처럼 당신의 삶에서 일어난 우연들 또한 '윙크'의 연결고리를 만들어 왔다. 그 우연의 고리는 고속도로에 그어진 차선처럼 당신이 평생 길을 벗어나지 않도록 조용히 도와 주었다.

당신의 길을 인도해 준 우연들을 생각할 때, 당신은 그런 우연들이 마구잡이식이 아니라 일정한 방향을 갖고 일어났음을 깨닫고 용기를 얻을 것이다. 이렇게 유명인들이나 평범한 우리들에게 우연이 일어나는 이유는 이 세상의 경이로움을 보고 감탄하게 하려는 것이리라.

평범한 일상과는 달리 우리는 우연의 일치를 분명히 알아차릴 수 있다. 우연한 일들은 우리를 흔들어 깨워서, 이 세상이 우리를 위해 놀라운 일들을 준비해 놓았음을 깨닫게 한다. 다니엘 웹스터 식으로 말한다면, 우연의 일치는 우리의 생각에 충격을 주고 자신의 잠재력을 깨닫게 해서, 세상에서 우리가 맡은 역할과 운명을 이루게 한다.

13
예술가의 우연

예술가들은 타고난 창조성 때문인지 신의 윙크를 의미있는 신호로 쉽게 받아들이고, 우연을 무시하는 일이 논리적인 사람들보다 훨씬 적다. 다음은 우연의 메시지를 받은 적이 있는 화가, 작가, 그리고 배우들에 관한 이야기들이다. 그 우연들 중에서 어떤 우연은 주목을 받았고, 어떤 우연은 무시당했으며, 아직까지 이해할 수 없는 우연도 있다.

슈퍼맨 이야기

리브스라는 이름의 남자가 있었다. 그리고 리브라는 이름을 가진 또 한 명의 남자가 있었다. 두 사람 모두 배우가 되어서, 영화 〈슈퍼맨〉의 주연으로 뽑혔다. 두 사람 모두 연기 인생에서 내리막길을 경험했고, 똑같이 엄청난 비극의 주인공이 되었다.

1950년대 조지 리브스는 〈슈퍼맨의 모험〉이라는 텔레비전 시리즈에서 주연을 맡아 거의 2년 동안 폭발적인 인기를 누렸다. 하지만 그 시리즈가 끝나자, 슈퍼맨을 연기한 것이 그가 다른 배역을 맡는 데 커다란 장애가 되었다. 그래서 그는 프로 레슬러가 되려는 생각까지 했다. 1959년 그에게 큰 불행이 닥쳤다. 조지 리브스는 머리에 총을 맞은 시체로 발견되었다. 자살이라는 판정이 내려졌지만, 일부 사람들은 그가 살해되었다고 생각했다.

1978년 크리스토퍼 리브는 〈슈퍼맨〉이라는 영화에 주연을 맡아 네 편의 후속 영화를 찍으면서 큰 인기를 누렸다. 하지만 슈퍼맨이라는 이미지 때문에 그 역시 다음 영화에서 맡을 만한 역할이 없었다. 결국 그는 여름철 휴양지에서나 상영하는 하찮은 영화를 찍게 되었다. 1995년 그에게도 불운이 닥쳤다. 말을 타다가 떨어져 목 아래 부분이 완전히 마비된 것이다.

우연하게도 사고를 당하기 전 마지막으로 촬영한 〈의혹을 넘어서〉라는 영화에서 크리스토퍼 리브는 사지가 마비된 경찰관을 연기했었다. 그 영화는 리브가 말에서 떨어져 온 몸이 마비되었을 때에도 여전히 극장에서 상영되고 있었다.

왜 조지 리브스와 크리스토퍼 리브가 그토록 비슷한 길을 걸어갔는지는 알 수 없다. 전체 그림 속의 퍼즐 한 조각이 가진 의미는 지금도 이해하기 어렵다. 내가 이 신기한 우연의 연속에 대해 텔레비전 프로듀서이자 슈퍼맨 영화의 열성 팬인 게리 그로스만에게 말하자, 그는 자신도 슈퍼맨과 관련해서 우연한 일을 겪었다고 말하는 것이었다.

1976년 게리는 〈슈퍼맨의 모든 것〉이라는 제목의 책을 쓰고 있었다. 그는 단 한 사람을 제외하고 슈퍼맨 시리즈에 나온 중요한 연기자들을 모두 인터뷰했다. 그 한 사람은 바로 슈퍼맨의 여자 상대역을 연기한 노엘 닐이었다. 그녀를 만나러 가면서 게리는 걱정스런 마음이 들었다. 그녀가 과연 인터뷰에 기꺼이 응해줄 것인가?

게리는 분위기를 부드럽게 만들기 위해 닐에게 작은 선물을 하기로 마음먹고, 헐리우드의 티셔츠 가게 앞에 차를 세웠다. 그는 고전적인 슈퍼맨 티셔츠를 살 생각이었다.

선물을 들고 가게 문을 나서는 순간 차가 끼익하고 서면서 사방에서 울리는 경적소리에 게리는 깜짝 놀랐다. 선물 꾸러미가 그의 손에서 미끄러져 길바닥에 떨어졌다.

"선물을 집기 위해 몸을 굽히는 순간, 난 쇼핑백이 떨어진 곳을 보면서 몸이 얼어붙는 것 같았어요."

쇼핑백은 헐리우드 거리에 있는 스타들의 보도 블록 위에 떨어졌다. 바로 슈퍼맨 조지 리브스의 별 위에.

게리는 말했다.

"난 헐리우드 거리에 조지 리브스의 별이 있는지조차도 모르고 있었죠. 하지만 지금까지도 웬지 그 순간 그를 만났다는 생각이 들어요. 그리고 누군가 내게 이렇게 말하는 것 같았어요. '안

녕, 게리. 그 책에 행운이 있기를……' 하고 말예요."

만화가의 연못

마이크 피터는 〈엄마 거위와 그림〉이라는 연재 만화로 퓰리처 상을 받았다. 피터의 독특한 그림 스타일은 청소년기에 그의 영웅이었던 빌 몰딘의 만화를 탐독하면서 서서히 만들어졌다. 빌 몰딘은 2차 세계대전에 참전한 보병들을 그려 유명해진 삽화가다. 마침내 그들은 서로 만나게 되었고, 그때부터 시작된 그들의 우정은 평생 동안 이어졌다. 그리고 바로 빌 몰딘이 피터를 오하이오 주 데이튼에 있는 데일리 뉴스 지에 추천했고, 그곳에서 피터의 재능은 활짝 꽃피었다.

마이크와 그의 아내 매리안이 데이튼을 떠나 생애에서 가장 먼 곳으로 이사할 때, 빌 몰딘은 우연한 일을 통해 자신도 모르는 사이에 이 부부와 다시 연결되었다.

마이크는 말했다.

"데이튼은 정말 살기 좋은 곳이었어요. 우리는 그곳에서 아이 셋을 키웠고, 데일리 뉴스는 내 연재 만화와 시사 만화를 꾸준히 실어 주었죠."

매리안이 이렇게 덧붙였다.

"그곳을 떠난다는 생각은 한 번도 해본 적이 없었어요."

하지만 1990년 미국 남부에 있는 플로리다 주의 한 회사가 마이크에게 일자리를 제안하면서, 그들은 조금 덜 추운 지방에서 살 수 있는 기회를 갖게 되었다. 마이크는 물론 그 제안을 거절했지만, 솔직히 자신과 아내의 마음이 잠시 흔들렸었다고 데이튼의 편집국장에게 고백했다. '따뜻한 기후에서 일하는 것도 괜찮지 않을까?'라는 것이 그들의 정직한 생각이었다. 그러자 뜻밖에도 편집국장은 먼 거리에서 함께 일하는 것도 가능한 일이라고 분명히 말했다.

머칠 뒤 마이크는 오래 전부터 계획하던 여행을 준비하고 있었다. 플로리다 주의 사라소타에서 열리는 고전 만화 축제에 참가하려는 것이었다.

그는 부동산 중개업을 하는 이웃 사람과 가벼운 대화를 나누다가 직장 상사가 자신이 먼 곳에서 일하는 조건을 받아들이려고 한다고 말했다. 그러자 그 이웃 사람은 마이크와 매리안에게 여행하는 동안 집을 내놔야 한다고 말했다. 그래야 '집값을 알 수 있다'는 것이었다.

"그러죠. 못할 게 뭐 있겠어요?"

마이크는 어깨를 으쓱했다.

하지만 플로리다 주로 떠나려는 순간 마이크와 매리안은 놀라운 작별 인사를 받았다. 그 이웃 사람이 그들의 집을 사고 싶다고 하면서, 곧 확답을 해달라고 말하는 것이었다.

그들은 과연 집을 팔 것인가?

갑자기 갈림길에 서게 된 그들은 플로리다 주로 가는 내내 그 일에 대해 생각했다. 플로리다 주에 머무는 동안 그들은 그곳의 부동산 시장을 알아볼 겸 팔려고 내놓은 한두 집을 보기로 결심했다.

"이 집 옆에는 정말 아름다운 작은 연못이 있습니다."

부동산 중개인이 그렇게 말하는 순간 첫번째 집의 문이 열리며 주인이 그들을 맞이했다.

"매리안!"

이 무슨 우연이란 말인가! 그 집 주인은 데이튼에서 매리안과 같은 여성 클럽에 있던 샌디 스트롬이었다. 그들은 이미 20년 전에 연락이 끊어진 상태였다. 이 놀라운 신의 윙크는 마이크와 매리안에게 자신들이 올바른 길을 가고 있다는 확신을 주었다. 그들은 오하이오 주의 데이튼을 떠나도 아무 문제가 없을 거라고 확신했다.

우연은 거기에서 그치지 않았다.

마이크와 매리안은 '사랑스런 작은 연못'이 그들의 것이 아님을 알게 되었다. 그것은 한 이웃 사람의 소유였다. 연못이 다른 사람에게 팔리면 어떻게 될 것인지 그들은 점점 걱정이 되기 시작했다.

이웃 사람들이 그들을 위해 마련한 환영 파티에서 마이크와 매리안은 연못 주인인 남자를 만났다. 그들은 그 남자에게 연못을 팔 생각이 있는지 물었다.

남자가 말했다.

"미안합니다. 여러 사람이 관심을 갖고 있지만, 팔고 싶은 마음이 전혀 없습니다."

마이크와 매리안은 크게 실망했다.

"그런데 무슨 일을 하십니까?"

그 남자가 마이크에게 물었다. 마이크가 만화를 그린다고 대답하자, 그 남자가 큰 소리로 말했다.

"그럼, 빌 몰딘을 알겠군요."

마이크는 흥분해서 말 그대로 펄쩍 뛰었다.

"물론 그 사람을 알지요. 그분은 내 평생의 스승입니다. 사실 지난 주에 나는 아내와 함께 팜 스프링에 있는 그분의 집을 방문했었습니다."

"팜 스프링이라구요!"

이웃 남자가 깜짝 놀라며 소리쳤다.

"그건 내 집이에요! 팜 스프링의 내 집을 빌 몰딘에게 세를 주었거든요."

이웃 남자는 그토록 특별한 신의 윙크가 자신의 결정을 다시 생각하라는 신호라고 받아들였다. 그리고 정말로 그는 마음을 바꿔 마이크와 매리안에게 연못을 팔았다.

그들을 새집으로 이끌어 준 이 모든 우연들 때문에 마이크와 매리안은 어쩐지 사라소타의 그 집과 연못에 홀린 듯한 기분마저 들었다.

삶을 살아가다 보면 마이크와 매리안 부부처럼 어려운 결정을 내려야 할 때가 있다. 당신은 마치 선택하기 힘든 갈림길에 서 있는 듯한 느낌이 들 것이다. 이쪽으로 가야 할까, 아니면 저쪽으로 가야 할까?

이때가 바로 신의 윙크를 찾을 때이다. 신의 윙크는 당신이 정말 올바른 길을 선택했는지 알려 줄 것이다. 신의 윙크를 보고 그 것이 인도하는 길로 갈 때, 당신은 자신이 올바른 길로 가고 있음을 믿으며 앞으로 나아갈 수 있다.

타이타닉의 우연

영화 〈타이타닉〉은 언제나 최고의 흥행을 기록했으며, 그 비극적인 이야기는 변함없이 많은 이들의 심금을 울린다는 사실을 증명해 주었다. 물론 실제로도 타이타닉 호는 웅장한 규모의 대서양 횡단 여객선이었으며, 누구도 그 배가 침몰할 것이라고는 예상하지 않았다.

하지만 타이타닉은 1912년 4월 영국의 사우스앰튼에서 첫 출항한 뒤 커다란 빙산에 부딪쳐 바닷속으로 가라앉았다. 전체 승객 2224명의 3분의 2인 1500명이 얼음같이 차가운 대서양 물에 얼어 죽거나 빠져 죽었다. 배 안에 충분한 구명 보트가 없었기 때문이다.

그리고 이런 우연의 일치가 있다. 타이타닉이 운명적인 항해를 떠나기 14년 전 모간 로버트슨은 〈타이타닉 호의 침몰〉이라는 소설을 썼다. 슬프게도 그가 상상으로 지어낸 배에 관한 이야기 중에는 현실로 나타난 것이 있다. 예를 들면 이런 것이다.

그 배는 영국의 사우스앰튼에서 출항했다.
사람들은 그 배가 도저히 침몰될 수 없다고 생각했다.

칠흑같은 밤중에 배의 우현이 빙산에 부딪쳤다.

사고는 4월에 일어났다.

배에는 충분한 구명보트가 없었다.

배에 타고 있던 많은 승무원과 승객들이 북대서양에서 얼어 죽었다.

로버트슨은 어떻게 알았을까? 고도로 발달한 창조적인 감수성이 그에게 아직 일어나지도 않은 사건을 감지하게 한 것은 아닐까? 그 책의 출판은 사람들에게 보내는 경고이자 신의 윙크였지만, 훗날 터무니없는 자만심으로 비극을 초래한 자들이 그 윙크를 무시한 것은 아닐까?

불행하게도 신의 윙크를 알아봐야만 했던 사람들이 그것을 보지 못한 것이다.

소설가와 독자

마크 트웨인(미국의 유명한 소설가)은 몇 해 전 발간된 잡지를 찾기 위해 모든 곳을 샅샅이 뒤지고 있었다. 그 잡지에 자신이 쓴 글이 실려 있었기 때문이다. 마침내 그는 출판사에 편지를 써서 혹시 남은 잡지가 있으면 보내달라고 부탁했다.

그들은 이렇게 답했다.

"미안합니다. 그때 너무 많은 독자들이 당신 글을 찾아서, 지금은 한 권도 남아 있지 않군요."

몇 주 뒤 트웨인은 뉴욕 시 5번 가와 42번 가의 교차로에 서서 파란 신호가 떨어지기를 기다리고 있었다. 그때 사람들 속에 있던 한 낯선 사람이 그를 알아보았다.

"트웨인 씨!"

남자가 말했다.

"난 이 소포를 당신에게 부치려고 우체국으로 가는 중이었습니다. 지난 밤 오래된 서류를 정리하다가 당신이 좋아할 것 같은 것을 발견했거든요. 그게 바로 이겁니다. 덕분에 우편 요금을 절약하게 됐군요."

당황한 표정으로 트웨인은 사람들 속으로 사라지는 남자의 뒷모습을 바라보았다. 천천히 포장을 뜯은 뒤, 트웨인은 사람들로 붐비는 거리 한가운데서 놀란 눈으로 내용물을 바라보았다. 그것은 다름아닌 그가 찾던 잡지였다.

마크 트웨인은 말하자면 하늘 '저쪽'을 향해 소원을 말한 것이고, 그 응답이 신의 윙크로 나타난 것이다.

오른쪽 뇌를 사용하라

과학자들은 우뇌를 많이 쓰는 사람들이 좌뇌를 쓰는 사람들보다 창조적이라고 생각한다. 직관과 관련된 뇌를 쓰는 사람들이 더욱 창조적이라는 말이다.

신경학자인 아더 윈터 박사는 아내 루스와 공저로 펴낸 〈뇌 연습〉이라는 책에서 그러한 뇌의 특징을 이렇게 말하고 있다.

대부분의 사람들을 볼 때, 우뇌는 창조성과 관련이 있으며 좌뇌는 더욱 논리적인 특징을 갖고 있다. 좌뇌는 말하고, 계산하고, 읽고, 추론하는 일과 관련되어 있다. 우뇌는 음악적 감수성과 삼차원의 인식, 예술적인 능력과 관계가 있다. 상상과 직관, 창조성은 모두 우뇌의 활동이다.

예술가들은 다른 직업을 가진 사람들보다 우연을 알아보는 능력이 뛰어난 듯하다. 작가, 배우, 음악가, 그리고 발명가들은 어떤 일에서 영감을 잘 느끼며, 삶의 고속도로에 우주가 세워 놓은 표지판들을 더욱 쉽게 알아보는 게 틀림없다. 이것이 사실이라면, 우리는 어떻게 우뇌를 발달시켜 이들처럼 더욱 창조적이 될 수 있을까?

우주가 당신을 돕게 하라

윈터 박사는 우연한 일이 누구에게나 일어나듯이 모든 사람들이 지금보다 더욱 창조적이 될 수 있다고 믿는다. 윈터 박사와 그의 아내가 제시한 다양한 방법을 토대로 나는 창조성을 키우는 데 도움이 되는 목록을 만들었다. 창조성을 높이고, 신의 윙크를 더욱 민감하게 느끼기 위해 이 방법을 시도해 볼 것을 권한다.

지금부터 2주일 동안 어떤 일에서 창조성을 발휘하려고 할 때, 이를테면 글을 쓰고, 그림을 그리고, 사업 문제를 창조적으로 해결하려고 할 때 이 방법을 이용하라. 그리하여 우주에 있는 우연의 힘을 더욱 민감하게 느끼고, 자신이 전보다 창조적으로 변했는지 판단해 보라.

❖ 스스로 준비하라

당신의 일과 관련된 책들을 가능한 한 많이 읽고, 당신이 창조하고 싶은 것이 무엇이든 그것을 말로 표현하라.

❖ 마음에 담아 두라

우리는 모두 빠른 해결을 원한다. 하지만 해답이 곧바로 떠오르지 않을 경우에는 그 생각을 잠시 잊으라. 그것을 당신의 무의식 속에 묻어 두라. 그러면 나중의 어느 순간, 이를테면 며칠 뒤에 어떤 해결책이 떠오를 것이다.

❖ 시험하라

일단 창조적인 해결책이 생각나면, 그것을 한번 시험해 보라. 새로운 아이디어는 증명될 필요가 있다.

❖ 멀리 떨어지라

창조적인 노력을 잠시 멈추라. 다른 방에도 들어가 보고, 정신적인 여유를 갖고 즐기며, 잠시 떠나 다른 일을 하라.

❖ 당신의 삶을 더욱 다양하게 만들라

새로운 사람들과 만나라. 새로운 책을 읽으라. 당신의 환경 속에서 더욱 많은 정신적 자극을 받고, 당신의 머릿속에 새로운 생각들이 들어오게 하라.

❖ 혼자 있는 것을 두려워하지 말라

당신은 다른 사람의 충고를 듣는 대신 자기 내면의 소리에 귀 기울이는 시간을 가질 필요가 있다.

❧ 훈련하라

이 말이 창조성과 어울리지 않는다고 생각할지 모르지만, 아무런 체계가 없는 삶은 자유로운 생각에 도움되지 않는다. 규칙적으로 글을 쓰고 그림을 그리면서 안정된 삶을 유지할 때 당신은 더욱 창조적이 될 수 있다. 아직 할 일을 정하지 않았다면, 창조성을 발휘할 대상을 차차 개발하라.

❧ 당신에게 가장 좋은 시간을 발견하라

낮이나 밤의 어떤 시간에 좋은 생각이 자주 떠오른다면, 그 시간을 집중적으로 활용하라.

❧ 당신에게 가장 좋은 장소를 찾으라

좋은 생각이 떠오르는 장소를 생각해 보라. 해변을 걷거나 정원을 손질하거나, 아니면 방에 틀어박혀 있을 때 좋은 아이디어가 떠오를 수도 있다. 당신이 그곳으로 가기만 하면 창조력이 풍부해지는 장소가 어딘가에 있을 것이다.

❧ 연필과 종이를 늘 가까이에 두라

훗날 굉장한 아이디어로 밝혀질 수도 있는 스쳐지나가는 생각을 붙잡기 위해 지갑이나 주머니 속에 늘 연필과 노트를 갖고 다니라. 내 비서 엘레인 알레스트라는 '무딘 연필이 예리한 마음보다 낫다'고 내게 늘 일러 주곤 한다.

❧ 당신의 자동 응답기에 전화하라

굉장한 생각이 떠올랐는데 때마침 연필과 종이가 없을 때는 당신 집으로 전화를 걸어 메시지를 남겨 놓으라. 작곡을

하는 내 친구는 운전을 하거나 집 밖에 있을 때 새로운 멜로
디가 갑자기 떠오르면 이 방법을 이용한다. 그는 자신의 자
동 응답기에 콧노래를 불러 메시지를 남긴다.

❧ 당신의 뇌를 개발하라

당신의 뇌에서 아이디어를 찾아내어 말로 또는 글로 남기
라. 두뇌가 모든 종류의 해결책을 검토하고 고려하게 하라.

❧ 판단을 미루라

자신의 생각에 진지하게 귀를 기울이라. '이건 멍청한 생각
이야' '아무 소용 없을 거야'라고 자신의 생각을 그 자리에
서 판단하지 말라. 미친 생각이라도 머릿속에 계속 추구하다
보면, 결국 생각의 양이 질을 창조할 것이다.

❧ 실수를 두려워하지 말라

창조성은 가끔 선 밖으로 나가는 자유로움에서 나온다.

❧ 핑계를 대지 말라

당신의 창조성이 부족한 것에는 핑계가 있을 수 없다. 당신
의 나이, 건강, 운 등이 핑계거리가 될 수는 없다. 당신은 자
신이 창조적이지 않은 이유로 갖가지 핑계를 댈 수 있다. 하
지만 당신과 똑같은 상황이나 더 나쁜 상황에서 창조성을 발
휘하는 사람들을 나는 얼마든지 알고 있다.

지금부터 당신이 창조성을 키워 우뇌를 더욱 활발하게 사용한
다면, 직관과 상상력을 이용하는 뇌의 부분이 점점 발달할 것이
다. 그리고 창조적인 문제 해결에서부터 손으로 그림을 그리는

모든 활동들이 우뇌의 발달에 도움을 줄 것이다.

이렇게 노력하다 보면, 어느새 우연의 일치가 훨씬 뚜렷하게 보이기 시작할 것이다. 매일의 일상 속에서 신의 윙크에 더욱 주의를 기울일수록, 당신은 그것을 더 많이 보게 될 것이다.

14
우연으로 가득한 세상

신의 윙크와 우연의 일치가 누구에게나 일어난다는 것은 분명한 일이다. 그것은 한 나라의 대통령과 회사의 사장에게 일어난다. 그것은 당신과 나, 그리고 유명인사들에게 일어난다. 신은 온갖 종류의 일을 하는 모든 사람들에게 윙크를 보낸다. 따라서 스포츠 세계에서 활약하는 사람들에게 우연의 일치가 일어나는 것은 어쩌면 당연한 일이다.

여기 스포츠와 관련된 네 가지 이야기가 있다. 이 이야기들을 읽으면서, 운동과 관련된 우연이 당신의 삶에 영향을 주고 어떤 메시지를 전달한 적이 있는지 떠올려 보라.

퍼펙트 게임

야구 경기에서 퍼펙트 게임은 정말 특별한 일이다. 투수가 완벽한 피칭을 해야 하는 것은 물론 여덟 명의 팀 동료 모두가 완벽한 수비를 해야 하기 때문이다. 승리한 투수가 상대팀에게 안타와 포볼, 득점과 에러를 전혀 내주지 않는 경기는 매우 드물어서 1999년 7월 현재 미국 야구 역사에서 오직 16번의 퍼펙트 게임이 있었을 뿐이다.

그 중 세 번은 뉴욕 양키즈 팀이 기록한 것으로, 40여 년의 세월에 걸쳐 일어난 일이었다. 놀라운 우연의 일치라면 돈 라센이라는 선수가 이 세 경기에 모두 관련되었다는 점이다.

라센은 퍼펙트 게임을 이끈 첫번째 양키즈 투수였다. 그는 1956년 브루클린 다저스와 맞붙은 월드 시리즈 다섯번째 경기에서 야구 역사에 자신의 이름을 길이 남겼다. 그날 라센의 공을 받아 준 캐처 요기 베라는 훗날 이렇게 회상했다.

"명예의 전당에 내 이름이 들어간 것을 제외하고, 야구를 하면서 가장 감격적인 순간은 그 퍼펙트 게임이었습니다."

양키즈가 이룩한 또 한 번의 퍼펙트 게임은 무려 42년의 세월이 흐른 뒤에 있었다. 이번에는 데이비드 웰스가 주인공이었다. 그 일은 1998년 5월 17일 미네소타 트윈스를 상대로 한 경기에서 일어났다.

그 시합은 나한테도 남다른 의미를 갖고 있다. 왜냐하면 내가 그날 아들 그란트와 함께 그 자리에 있었기 때문이다. 누군가 우리에게 야구장 입장권을 주었는데, 막상 경기장에 들어가 보니 그 자리는 홈 플레이트에서 여덟번째 줄에 있는 환상적인 자리였다. 하지만 그 입장권이 얼마나 값진 선물이었는지는 조금 더 지나서야 알 수 있었다.

7회에 들어서자 뭔가 특별한 사건이 일어나고 있다는 생각이 팬들의 머릿속에서 점점 뚜렷해졌다. 당시에 그 자리에 있었다면 당신 또한 관중들의 술렁이는 분위기를 느낄 수 있었을 것이다. 8회에 웰스가 타자를 아웃시키고 마운드에서 내려왔을 때, 양키즈의 덕아웃에 있는 그 누구도 그에게 말을 걸지 않았다. 그의 팀동료들은 웰스의 눈부신 활약을 칭찬해 주기는커녕 건방지게도 자신들의 투수를 무시하는 듯한 태도를 보였다.

사실 그들은 건방진 것이 아니었다. 그들은 그에게 말을 걸거나 다른 행동을 해서 마법이 깨질까 봐 조심스레 두려워하고 있었던 것이다. 9회에 데이비드 웰스가 27번째 타자를 삼진 아웃시켰을 때, 야구 경기장은 그야말로 열광의 도가니가 되었다. 마침내 그의 팀 동료들이 모두 운동장으로 뛰쳐나와 웰스에게로 몰려갔다.

이렇듯 엄청난 일에 반쯤 넋이 나간 관중들은 자리를 떠나지 못한 채 자기 자리에 앉거나 서서 그 특별한 순간을 만끽했다. 관중들은 경건한 자세로 선수들이 덕아웃을 통해 라커 룸으로 들어가는 모습을 지켜보았다.

데이비드 웰스의 단짝 친구이자 또 한 명의 투수인 데이비드 콘이 마지막으로 덕아웃에 남아 있었다. 그는 그때까지도 자리를 떠나지 않는 관중들을 보면서 웰스에게 마지막 인사를 하라고 손짓을 했다. 그것은 적절한 제스추어였다. 그날의 주인공이 모자를 벗어서 팬들을 향해 흔들자, 야구장은 다시 한 번 열광의 도가니가 되었다.

다음날 우연의 일치가 신문에 보도되기 시작했다. 양키즈 역사에서 유일하게 퍼펙트 게임을 기록한 두 명의 투수 데이비드 웰스와 돈 라센이 샌디에이고 근처에 있는 같은 고등학교를 다녔다는 것이었다. 그들은 35년을 사이에 두고 포인트 로마 고등학교 야구부에서 선수 생활을 했다.

이제 그로부터 14개월 뒤인 1999년 7월 18일로 가보자. 다시 한 번 관중들을 열광하게 만든 퍼펙트 게임에서 데이비드 콘이 마지막 회를 맞고 있었다. 우연히 그날은 '요기 베라의 날'이어서, 돈 라센은 그의 오래 전 포수인 요기 베라에게 시구를 해달라는 부탁을 받고 아이다호에서 그곳으로 날아와 있었다.

데이비드 콘의 퍼펙트 게임이 모두 펼쳐진 뒤 양키즈의 팬들은 그들의 투수에게 아낌없는 박수를 보내 주었다. 그 행복한 소란 속에서 데이비드 콘은 라커 룸으로 향했고, 그곳에서 돈 라센과 포옹을 하면서 그 무엇보다 값진 찬사를 받았다고 느꼈다. 라센은 이렇게 해서 양키즈의 세 번의 퍼펙트 게임과 모두 관련된 유일한 사람이 되었다.

우연의 일치가 하나 더 있다. 두번째와 세번째 퍼펙트 게임에서 핵심적인 역할을 한 선수가 한 명 더 있기 때문이다. 2루수 척 노브로치는 결정적인 한 번의 수비를 통해 1998년 5월 17일의 데이비드 웰스의 시합과 1999년 7월 18일 데이비드 콘의 시합을 구해 냈다.

웰스가 8회에 한 명의 타자를 아웃시킨 뒤, 미네소타 트윈스의 론 콤머가 나와서 2루 쪽으로 강한 땅볼을 날렸다. 숨이 멎을 듯한 순간이었다. 그 땅볼이 노브로치를 지나쳤다면 퍼펙트 게임도 함께 날아갔을 것이다. 노브로치는 완벽하게 공을 잡아 글로브를 들어올린 뒤 타자를 아웃시키기 위해 1루로 던졌다.

데이비드 콘의 퍼펙트 게임에서도 8회 원 아웃 상황에서 다시 한 번 강한 땅볼이 노브로치에게 날아왔다. 그는 날아오는 공을 향해 돌진했고, 공을 역동작으로 잡아서 타자를 아웃시키기 위해 1루로 던졌다. 노브로치에게 날아간 강한 땅볼이 두 번의 퍼펙트 게임을 모두 무산시킬 뻔했던 것이다.

우리가 스포츠나 직업, 또는 인간 관계에서 우리의 운명을 이루기 위해 열심히 노력할 때, 하늘은 가끔 우리의 성공을 축하하고 노력을 인정하기 위해 윙크를 보낸다. 다음 이야기에 나오는 선수들 또한 이런 격려의 윙크를 받은 사람들이다.

퍼펙트 골프

골프에서 홀인원은 자주 일어나지 않는다. 티에 올린 골프 공을 정확하게 쳐서 그린으로 곧장 날아간 공이 한 번에 구멍으로 땡그랑하고 떨어지는 일은 모든 골퍼들의 꿈이다.

39년 동안 골프를 쳤지만 데이브 윌슨 씨에게는 한 번도 그런 일이 일어나지 않았다. 그러다가 마침내 그 일이 일어나던 날 신의 윙크도 함께 일어났다.

그날 의기양양해서 집에 돌아온 윌슨 씨는 아들이 4일 전에 보낸 생일 카드를 발견했다. 가장 먼저 그의 시선을 끈 것은 카드 뒤에 있는 상표였다. 상표 이름이 바로 홀인원이었던 것이다. 카드를 돌려 앞면을 보자 그의 눈은 더욱 커졌다. 아홉번째 홀에 한 사람이 그려져 있었다. 그날 자신이 홀인원을 기록한 바로 그 홀에.

그날 데이브 윌슨 씨에게 홀인원보다 더욱 특별하게 느껴진 한 가지는 그것과 함께 일어난 신의 윙크였다.

그 많은 자리 중에서

스포츠에서 일어난 윙크는 가끔 신이 우리에게 장난을 치는 것 같다는 생각을 하게 한다. 여기 좋은 예가 하나 있다.

필 레이건은 물 밖의 물고기처럼 처량한 생각이 들었다. 그는 케이프 코드 해변가를 찾아오는 여름 휴양객들을 맞기 위해 뒷마당에 바베큐 파티를 준비해 놓고 있었다. 그러나 한 사람도 오지 않는 것을 보고서, 필은 잠시 보스턴 레드 삭스의 야구 경기를 보기로 했다. 그는 텔레비전을 찾아 주인집 뒷문을 슬며시 열고 안으로 들어갔다. 텔레비전을 켜자마자 파티에 대해선 금방 잊어버렸다.

"그들이 잘 하고 있습니까?"

방안의 적막한 분위기를 깨며 한 남자의 부드러운 목소리가 들렸다. 그 목소리의 주인공은 자신도 레드 삭스의 열성 팬이라고 솔직하게 털어 놓았다. 그러면서 자신의 정기 입장권을 이용해서 펜웨이 팍 경기장에 꼭 들어가고 싶었는데, 그러지 못해 아쉽다고 말했다.

6주 뒤, 필은 친구와 함께 오후에 짬을 내서 레드 삭스의 경기를 보러 가기로 했다. 언제나 그렇듯이 그들은 값싼 입석표 두 장을 샀고, 예약한 사람이 나타나지 않은 빈자리를 찾으면서 몇 회를 기다렸다.

필은 두 개의 빈 자리를 발견했다. 레드 삭스 덕아웃 위에 있는 환상적인 자리였다. 그와 친구는 일단 4회까지 기다린 뒤 그 자리로 내려갔다.

"야, 정말 대단한 자린데."

필은 전망 좋은 자리를 차지한 스스로를 대견하게 여기며 그렇게 말했다. 하지만 그의 만족은 그리 오래 가지 못했다. 누군가 그의 어깨를 툭툭 치면서 조금은 귀에 익은 목소리로 말했다.

"당신 자리가 맞습니까?"

자리 임자가 자신의 권리를 주장하고 있었다. 뒤를 돌아다본 필은 소스라치게 놀랐다. 몇 주 전 바베큐 파티에서 필과 함께 야구에 대해 이야기를 나누었던 바로 그 남자가 아닌가. 펜웨이 팍 경기장의 33,871개나 되는 자리 중에서 필은 바로 그 남자의 자리를 고른 것이다.

골퍼와 잃어버린 아이

팀 심슨은 전국을 돌아다니며 경기를 하는 유명한 프로 골퍼이다. 팀은 국립 미아 찾기 센터를 지원하기 위해 시합 동안 자신의 골프 가방에 잃어버린 아이의 사진을 붙여 놓는다.

1991년 조지아 주 오거스트에서 열린 마스터즈 골프 대회에서 심슨은 컴퓨터로 합성한 샤논 마이너의 사진을 자신의 가방에 붙였다. 그 사진은 샤논이 아홉 살이 되었을 때의 모습을 컴퓨터로 합성해 만든 것이었다. 샤논은 태어난 지 18개월밖에 안 되었을 때 실종되었다.

닷새 뒤 국립 미아 찾기 센터는 익명의 여자로부터 전화 한 통을 받았다.

"샤논 마이너는 휴스턴에 있어요."

그 여자는 그렇게 말하고 나서 전화를 뚝 끊어 버렸다. 관계 당국이 샤논을 엄마의 품으로 돌려 보낸 뒤, 사람들은 누군가 심슨의 골프 가방에 붙인 아이 사진을 보았을 거라고 추측했다. 하지만 18개월된 아이가 9살이 되었을 때의 모습을 컴퓨터로 합성해 만든 사진은 실제 샤논의 모습과 별로 비슷하지 않았다. 게다가 텔레비전으로 마스터즈 대회를 본 사람 중에서 팀 심슨의 골프 가방이 클로즈업된 장면을 기억하는 사람은 아무도 없었다.

5일 동안 심슨의 골프 가방에 샤논의 사진을 붙여 놓은 일과

전혀 상관없이 누군가 당국에게 아이의 소재를 귀뜸해 준 이 우
연의 일치를 심슨은 신의 윙크로 받아들인다.

당신이 스포츠 팬이라면 이 이야기들을 읽으면서 스포츠와 관
련된 우연을 이미 몇 가지 떠올렸을 것이다. 내가 코미디언 팀 콘
웨이에게 돈 라센과 뉴욕 양키즈의 이야기를 들려 주었을 때, 그
는 내 말이 끝나기가 무섭게 투수 밥 펠러와 관련된 우연을 말해
주었다.

"밥 펠러의 어머니는 아들이 공 던지는 모습을 딱 한 번밖에
볼 수가 없었어요. 그 한 번의 경기를 보러 야구장에 간 날, 밥의
어머니는 야구공에 맞았지요."

글쎄, 코미디언에게 무얼 더 기대하겠는가?

15
우연이 없다면 삶은 아무것도 아니다

우리는 무엇인가를 얻음으로써 생계를 이어간다.

우리는 무엇인가를 줌으로써 인간다운 삶을 살아간다.

무명씨

당신이 자신의 운명을 이루기 위하여 노력할 때, 가끔은 자신의 직업에서 어떤 변화가 일어날 때가 있을 것이다. 이를테면 갑자기 새로운 길이 나타나 당신을 완전히 다른 방향으로 데려갈 것이다. 그것은 당신의 경력에 보탬이 되는 예상치 못한 기회일 수도 있다.

아니면 새로운 사람들과 새로운 원칙에 의해 회사가 합병되면서 당신의 자리가 위태로워질 수도 있다. 더욱 심하게는 생계가 막연해질 수도 있다. 어떠한 상황이든 한 가지 분명한 사실은 당신이 앞으로 일어날 일에 대해 마음의 동요와 불안감을 느끼리라는 것이다.

그리고 그 불안감이 사라질 때까지 당신은 한동안 초조한 시간을 보낼 것이다. 그때가 바로 신의 윙크가 활동하는 순간이다. 당신이 가는 길에 어김없이 세워져 있는 안내 표지판을 찾기 시작하라. 표지판은 틀림없이 그곳에 있을 것이다. 당신은 단지 그것들을 찾기만 하면 된다.

당신은 지금부터 작은 우연이 불씨가 되어 회사가 큰 영향을 받고, 방향을 바꾸고, 때로는 구원을 받은 이야기를 읽을 것이다. 하나의 작은 우연이 회사의 방향을 바꿔 놓은 이야기들이다. 우연은 누구에게나 일어나기 때문에 이런 이야기를 읽는 것은 우리에게 깊은 깨달음을 줄 수 있다.

끈끈한 사건

스카치 테이프의 고향인 3M 회사의 연구부에서 일하는 스펜스 실버 박사는 이상한 특성을 가진 새로운 접착제를 우연히 발명했다.

그것은 따로따로 접착성을 가진 미세한 부분들로 이루어져 있었고, 일시적으로 붙었다가 떨어지기 때문에 테이프에 입혀도 강하게 붙지 않았다. 실버 박사는 그것이 매우 독특한 접착제라고 생각했지만, 그것으로 무엇을 해야 할지는 알 수 없었다.

5년 뒤 또 한 명의 3M 직원인 아트 프라이가 성가 연습을 하고 있었다. 그는 찬송가 책 사이에 끼운 종이 조각이 자꾸 떨어져서 짜증이 났다. 떨어진 종이 조각을 보면서 그는 동료 실버 박사와 예전에 나누었던 우연한 대화를 떠올렸다. 그는 실버의 접착제를 책에 꼽는 종이에 쓰면 좋겠다고 생각했다.

곧 3M은 새로운 생산 라인을 갖추었다. 그것은 '포스트 잇'을 만드는 라인이었다. 1980년 제품이 나온 지 1년 만에 그 작고 노란 종이에는 회사의 '가장 뛰어난 신제품'이라는 이름이 붙어 있었다.

3M의 두 직원의 우연한 대화 덕분에 '포스트 잇'은 오늘날 모든 사무실의 필수품이 되었다.

올해의 신약

영국 켄트에 있는 한 제약 회사의 연구원들은 신약을 탄생시킨 우연에 깊이 감사했다. 그 약은 시장에 나온 지 1년 만에 10억 달러 이상의 매출을 기록했다.

화이자 제약 회사의 연구원인 니콜라스 테레트 박사와 피터 앨리스 박사가 새로운 심장 치료제를 실험하고 있었다. 그런데 실험 기간이 끝났음에도 불구하고 약을 복용했던 남자들이 실험용 약을 끝내 돌려 주지 않는 것이었다. 그들은 그 약이 성기능에 효과가 있음을 발견한 것이었다. 그것은 테레트와 앨리스 박사로서는 상상조차 못한 일이었다.

약의 유익한 부작용이 우연히 밝혀짐으로써 1998년 그 유명한 비아그라가 발명되었다. 이 약은 발기 불능으로 고통받는 수백만 명의 남성들에게 새로운 희망을 안겨 주었다.

산책가의 발명품

1941년 어느 날 아침, 조르주 드 메스트랄이라는 프랑스 남자가 개를 데리고 숲속을 산책했다. 그는 집에 돌아오자마자 산책을 하고 돌아온 사람들에게 흔히 생기는 문제에 부딪쳤다. 작은 가시들이 그의 울 바지와 흔들리는 개꼬리에 온통 달라붙어 있었던 것이다.

그러나 드 메스트랄은 보통 사람들이 결코 하지 않는 행동을 했다. 그는 바지를 현미경 밑에 놓고 '왜' 가시가 붙어 있는지 살펴보았다. 그는 가시 속의 수백 개의 작은 고리들이 바지의 실 하나하나에 걸린 모습을 보면서 큰 흥미를 느꼈다.

자, 보라! 이렇게 해서 벨크로(단추, 지퍼 대용의 접착천)가 탄생한 것이다. 조르주 드 메스트랄의 숲속 산책은 벨크로를 발명하도록 그에게 통찰력을 준 신의 윙크였다. '털이 많은 벨벳'이라는 의미의 프랑스어 벨루어와 '고리로 걸다'는 의미의 크로셰가 산뜻하게 결합해 벨크로라는 이름이 탄생했다.

직업과 우연

반짝이는 하나의 아이디어에서 시작된 혁신이 수백만 명의 생활 방식을 바꿔 놓곤 한다. 당신의 삶에도 이런 통찰력을 주는 신의 윙크들이 가득하며, 이 윙크들은 당신을 여러 방향의 길로 인도한다. 이같은 우연은 당신에게 사업을 하는 더 좋은 방법, 고객을 만족시키는 새로운 방법, 그리고 돈을 버는 기발한 방법들을 알려 줄 수 있다.

이제부터 신의 윙크가 자신의 직업을 안내해 준 사람들의 이야기를 읽으면서, 앞으로 우연한 일이 당신의 직업에 새로운 변화를 일으킬 수 있음을 기억하기 바란다.

휴 다운즈의 일자리

내가 ABC 방송의 〈굿모닝 아메리카〉라는 텔레비전 프로그램을 감독하기 시작했을 때, 나에게 맡겨진 특명이 한 가지 있었다. 그것은 NBC 방송에서 인기를 누리고 있는 〈투데이 쇼〉의 시청률을 〈굿모닝 아메리카〉가 앞지르는 것이었다.

내가 그 일을 시작하고 나서 얼마 되지 않았을 때, 〈굿모닝 아메리카〉의 진행자인 데이비드 하트만이 장기간 휴가를 떠나게 되었다. 〈굿모닝 아메리카〉의 출연 담당자는 하트만 대신 헐리우드 배우를 쓰자고 주장했지만, 나는 그것이 과연 좋은 방법인지 고민하고 있었다. 그렇게 하면 뉴스의 소재를 제공하는 우리 프로그램의 신뢰성에도 나쁜 영향을 미칠 것 같았다.

이삼 주 동안 그 문제를 곰곰이 생각한 끝에 한 가지 좋은 생각이 떠올랐다. 전에 〈투데이 쇼〉를 진행했던 휴 다운즈를 하트만의 자리에 데려다 놓는 게 어떨까? 당시에 그는 거의 10년 동안

은퇴한 것처럼 방송 활동을 하지 않고 있었다.

나는 출연 담당자를 이렇게 설득했다.

"그러면 〈투데이 쇼〉의 시청자를 어느 정도 끌어들일 수 있을 겁니다."

휴 다운즈가 특별 진행자로 출연하는 주가 되었을 때, 모든 일은 계획대로 진행되었다. 다운즈는 자신이 방송을 떠나 있는 10년 동안 텔레비전이 많이 변한 것 같다고 조용히 걱정했다. 하지만 아침에 〈굿모닝 아메리카〉의 테마 음악이 흘러나올 때마다 그는 신뢰와 권위의 완벽한 상징이 되어 주었다.

다운즈가 진행을 맡은 두번째 날, 방송국에는 또 하나의 큰 사건이 벌어졌다. ABC 뉴스가 〈20/20〉이라고 불리는 새로운 뉴스 쇼를 황금 시간대에 방영하기 시작한 것이다. 불행히도 화요일 저녁에 방송한 뉴스 쇼에서 두 사회자는 별로 좋은 평가를 받지 못했다. 두 사람 모두 신문에서는 알아 주는 저널리스트였지만, 텔레비전에서는 거의 알려져 있지 않았다.

수요일 아침 ABC 방송사의 사장 프레드 피어스가 ABC 뉴스의 사장 루니 알레즈를 조용히 사무실로 불렀다. 알레즈가 〈20/20〉의 실패에 어떻게 대처할 것인지 궁금했던 것이다.

당황한 알레즈가 뉴스 쇼의 진행자로 다른 후보자를 알아 보고 있다고 궁색한 답변을 하려는 순간이었다. 서부에서 오전 10시에 방영하는 〈굿모닝 아메리카〉가 사무실 안의 폐쇄 회로 텔레비전 화면에 나오면서, 너무도 멋지고 권위있는 목소리가 방안을 가득 채웠다.

"저는 휴 다운즈입니다. 굿모닝 아메리카!"

갑자기 새로운 신뢰를 느끼면서 알레즈는 자신도 모르게 화면을 향해 고개를 끄덕이며 말했다.

"저 사람과 이야기해 볼 생각입니다!"

물론 알레즈는 휴 다운즈가 우연히 화면에 나타날 때까지 그에 대해선 생각지도 않고 있었다.

그 주말에 휴 다운즈와 나는 그가 〈20/20〉의 새로운 진행자가 된 것을 축하하며 함께 점심을 먹었다. 그는 그후 그 일을 21년 동안 계속했다.

휴 다운즈처럼 자신의 길을 가고 있는데 불쑥 어떤 일이 일어나 당신을 완전히 다른 곳으로 데려갈 수가 있다. 당신에게도 이런 행운이 찾아올 수 있으므로, 늘 깨어 있어야 한다. 또한 그를 선택한 루니 알레즈처럼 당신 앞에 있는 모든 가능성, 곧 미리 생각했던 일과 예상치 못한 기회 모두를 두 눈을 크게 뜨고 본다면, 자신의 일자리를 만들거나 없앨 수도 있는 신의 윙크를 절대로 놓치지 않을 것이다.

여직원 베티

아델피아 통신은 미국 케이블 텔레비전 방송의 거인 중의 하나로, 5백만이 넘는 가정에 서비스를 제공하고 있다. 가족적인 전통을 자랑하는 아델피아는 펜실베이니아 주의 쿠더스포트라는 주민 삼천 명의 작은 마을에서 시작한 사업을 지금도 꾸준히 운영하고 있다.

존 리거스는 눈부신 백발에 아버지의 자상한 목소리를 가진 신사다. 그는 원래 쿠더스포트 공립 학교가 있던 건물에서 창립한 회사를 지금까지 운영하고 있다.

존 리거스는 쿠더스포트의 크리텐든 호텔로 걸어가는 동안 이웃 사람들을 만날 때마다, 그들의 이름을 일일이 부르며 인사한다. 크리텐든 호텔은 그 옛날 먹던 음식 그대로 빵 모양의 고기 요리와 고깃 국물이 나오는 점심 식사를 제공한다. 그 호텔 바로 옆에는 리거스가 처음 통신 사업을 시작한 300석 규모의 극장이 있으며, 현재 아델피아의 종업원은 누구나 그 극장을 무료로 이용할 수 있다.

아델피아가 언제나 오늘날처럼 성공적이었던 것은 아니었다. 초기에 리거스는 지나칠 정도로 많은 돈을 빌렸고, 서부 펜실베이니아 주의 모든 농가에 케이블 텔레비전을 설치하겠다는 야망에 사로잡혀 자신의 전재산을 쏟아 부었다. 산들로 첩첩이 둘러싸인 지역에는 전파 방송이 침투하기가 어려워, 케이블을 깔아야만 텔레비전을 시청할 수 있는 농가들이 많았던 것이다.

존은 그때를 이렇게 회상한다.

"신용 대출도 한계가 있었기 때문에 우리는 최고 이자율을 훨씬 넘어서는 고리로 돈을 빌렸습니다. 그리고 거의 매일 우리가 발행한 수표를 막기 위해 두세 차례씩 은행으로 달려가야 했습니다. 때때로 나는 은행에서 옛 친구에게 전화를 걸어 '조, 우리가 돈을 입금시킬 때까지 하루이틀만 수표를 막아 줘야겠어.' 하고 애원하곤 했습니다."

어느 날 한 친구가 존에게 펜실베이니아 주의 펀수토니로 서비스를 확대할 수 있는 기회를 주었다. 그 마을은 매년 성촉절(주의 봉헌 축일)을 개최하는 것으로 유명했다. 하지만 투자가 성공할 것인지는 의심스러웠다. 존은 이렇게 회상한다.

"그 지역의 잠재 고객들이 우리가 제공하는 서비스를 얼마나 이용할 것인지는 전혀 알 수 없었지요."

하지만 그 친구는 서비스의 확장을 끝까지 고집하면서, 존의 집을 담보로 5만 달러를 빌릴 수 있으므로 융자 서류에 서명만 하면 된다고 존을 설득했다. 마음 한구석이 꺼림칙했지만 그는 가족의 안식처를 담보로 한 어음에 서명했다.

아델피아가 펀수토니에서 사업을 시작했을 때, 베티 밀로서라는 이름의 여성이 회사에 지원했다.

존은 그때를 이렇게 회상한다.

"우리는 정말 누군가를 채용할 형편이 아니었지요. 하지만 그녀는 끝까지 고집을 부렸고, 그래서 우리는 하는 수 없이 일 주일에 35달러를 주기로 하고, 온갖 잡일을 하는 비서 겸 사환으로 그녀를 채용했습니다."

몇 달 지나지 않아 펀수토니에 대한 투자가 가망이 없다는 것이 너무도 확실해졌다. 산악 지역에 케이블을 설치하면서 많은 돈이 들어갔지만, 그 비용을 감당할 만큼 케이블 텔레비전에 대한 관심이 폭발적으로 일어나지 않았던 것이다.

마침내 아델피아의 펀수토니에 대한 투자가 거의 실패했으며,

은행이 5만 달러를 갚으라고 요구한다는 절망적인 보고가 존에게 올라왔다. 존은 그날을 아직도 잊지 못한다. 회사 전체가 파산 직전에 있었고, 존은 가족들의 보금자리인 집을 잃을 처지에 몰려 있었다.

"내가 너무 큰 모험을 했다는 생각이 들었습니다. 이번에는 정말로 너무 멀리 간 것이지요. 내 머릿속에는 오직 회사가 쓰러지고, 집을 잃고, 우리가 함께 이루려고 했던 모든 것이 사라지고 있다는 생각뿐이었습니다. 아무리 생각해도 5만 달러를 갚을 길이 막막했습니다."

아델피아 통신의 역사에서 최대의 위기가 닥친 것이다.

그때 신이 윙크를 했다.

존 리거스가 몇 안 되는 편수토니의 직원들에게 그 지역의 사업을 중단할 것이고, 지금은 회사 전체가 위태롭다고 슬픈 목소리로 말하는 순간, 베티 밀로서가 큰 소리로 말했다.

"내가 도울 수 있을 거예요. 나에게 5만 달러가 있거든요."

존 리거스가 그녀를 쳐다보았다.

"궁금한 게 두 가지 있소."

그가 조용히 말했다.

"당신은 얼마나 빨리 은행으로 달려갈 수 있지요? 그리고 도대체 어디서 5만 달러를 구했다는 거요?"

그녀가 미소를 지으며 말했다.

"지난 주에 아버지가 광산을 팔아서, 5만 달러를 내 계좌에 입금시켜 주었거든요."

관심과 애정이 어린 얼굴로 존 리거스는 회사를 구한 편수토니의 비서 베티 밀로서에 대해 말한다. 그리고 그 일은 방송계의 거인이 상승 곡선을 그리는 데 기여한 실로 엄청난 우연이었다. 존은 처음에 자기 회사에서 일하겠다고 우기는 베티를 받아들인 것이 정말 행운이었다고 회상한다. 존은 눈을 찡긋하면서 이렇게 덧붙였다.

"한 가지 알려 드릴 것은 베티 밀로서가 평생 무료로 케이블 텔레비전을 볼 수 있다는 겁니다."

이 이야기를 읽으면서 당신의 일 속에도 통찰력과 기회를 주는 신의 윙크가 많다는 것을 깨닫기 바란다. 당신을 또다른 길로 인도하는 혁신의 윙크도 많이 있다. 당신이 이런 우연들에 영감을 받아 회사를 더 잘 운영하는 방법, 고객을 만족시키고 돈을 버는 새로운 방법을 발견하고, 심지어 당신이 추구할 새로운 방향까지 알 수 있기를 진심으로 바란다.

사업의 세계에도 신의 윙크가 있다는 것을 깨닫고 그것을 발견하려고 노력하라. 그러면 회사를 튼튼하게 키우고, 당신의 삶은 물론 타인의 삶까지 바꾸는 기회가 올 것이다.

16
당신의 운명과 사랑에 빠져라

삶을 두려워하지 말라.

삶이 살아갈 가치가 있음을 믿으라.

그리고 당신의 믿음이

그것을 사실로 만들 것이다.

월리엄 제임스

날마다 당신을 찾아오는 우연들은 대부분 아주 뜻밖이거나 중요하게 보이는 것들이 아니다. 대개 그것들은 눈에 잘 띄지도 않는 작은 윙크들이고, 때로는 애매하게 살짝 한 윙크여서 당신은 조용히 스스로에게 묻게 된다. 이 일이 대체 내 삶에 무슨 의미가 있을까?

하지만 아무리 작은 윙크라 해도 거기에는 깊은 의미가 있다. 그것은 당신이 결코 혼자가 아니며, 우주의 힘이 늘 당신을 이끌어 주고 있음을 알려 준다.

외출할 때마다 나는 눈앞에 불쑥 나타나는 듯한 그란트라는 이름의 도로 표지판들을 보면서 언제나 기쁨을 느낀다. 그란트는 바로 내 아들의 이름이다. 나는 갓 태어난 내 아들이 기적적으로 살아났을 때 무한한 신의 사랑을 느꼈었다. 때문에 나는 신의 사랑을 다시금 일깨우기 위해 신이 내 앞에 그 표지판들을 세워 놓았다고 항상 생각한다.

가끔 신의 작은 윙크는 큰 윙크와 마찬가지로 당신이 현재 올바른 길을 가고 있음을 알려 주는 신호다. 내가 비서를 구하기 위해 시빌 프루츠키와 면접을 하던 날, 그녀는 자신에게 두 딸이 있다고 말했다.

"따님의 이름이 뭐지요?"

내가 물었다.

"모간과 테일러예요."

"농담도 잘 하시네요."

내가 웃으며 말했다.

"내게는 조카 딸과 손녀가 있는데, 그 두 아이의 이름도 모간과 테일러지요."

그 작은 윙크는 내가 올바른 길을 가고 있음을 알려 주었다. 그 날 이후로 나는 시빌과 함께 오랫동안 즐겁게 일했으며, 그녀는 내가 고용했던 최고의 비서들 중 한 명이었다.

그런데 우연이 또 하나 있었다. 나의 모간과 테일러는 모두 5월 23일이 생일이었다. 나중에 안 사실이지만, 시빌은 5월 23일이 들어 있는 주에 일을 시작했다.

신의 유머

언젠가 한 친구가 이렇게 말했다.

'신은 우연의 일치를 통해 자신의 유머 감각을 보여 주곤 한다.'

나는 자신의 이름이 직업과 일치하는 사람을 우연히 만날 때마다 그 말이 맞다고 생각한다. 예를 들면 이런 것이다.

메사추세츠 주의 우즈 홀 해양 연구소에서 일하는 해양 생물학자의 이름은 에브린 피시Fish 이다.

뉴욕의 올 소울즈 교회의 담임 목사 이름은 포레스트 처치 Church이다.

뉴욕의 롱 아일랜드에는 E. Z. 필럼 (easy fill them 썩은 이를 쉽게 갈아 끼우다)이라는 이름의 치과 의사가 있다.

뉴욕 시 5번가에는 조나단 지트머(Zit는 여드름)라는 이름의 피부과 전문의가 있다.

워싱턴 DC의 한 라디오 교통 정보원의 이름은 메리 드라이버(즐거운 운전사)이다.

미시시피 주의 걸프포트에서 일하는 한 건강 관리사의 이름은 콘스탄트 파인(항상 건강함)이다.

오클라호마 주의 툴사에는 세이프티 R. 퍼스트(안전 제일)

라는 이름의 의사가 있다.

오리건 주의 기상청에서는 잭 프로스트(서리)라는 이름의 기상 예보관이 날씨를 알려 준다.

신으로부터 당신이 받은 윙크는 수수께끼같고, 풍자적이며, 미소를 짓게 하고, 머리를 내젓게 한다. 하지만 윙크가 일어날 때 당신은 안다. 그것이 당신에게 보내는 작은 메시지라는 것을.

하느님, 장난도 잘 치시네요

한동안 전혀 생각하지 않았던 사람이 웬일로 떠오르더니, 곧이어 전화벨이 울리면서 바로 그 사람이 전화를 걸어온 적은 없는가? 어떤 사람이 당신의 마음속에 떠오를 때 신의 윙크는 이렇게 말하고 있는 것이다.

'그래, 당신은 그 사람을 생각해야 했어.'

어느 주일날, 내가 다니는 교회의 목사가 자신이 직접 실천하고 있는 '기도의 파트너'라는 계획에 대해 말했다. 그것은 자신이 기도하는 것을 알리지 않은 채 누군가를 위해 기도하는 것이었다.

'좋은 생각인데.'

나는 신도들을 둘러보며 생각했다. 그때 내 앞 세번째 줄에 앉은 한 쌍의 부부가 눈에 띄었다. 그들은 벨과 브루스 레이놀즈 부부였다.

"저 부부에게 알리지 않고 일 주일 동안 두 사람을 위해 기도해야지."

나는 그렇게 결심했다. 다음 주 내내 나는 내 아들 그란트와 함께 저녁 기도를 할 때마다 '주여, 벨과 브루스를 축복하소서'라는 기도를 빠뜨리지 않았다.

다음 주일 아침, 나는 교회에 조금 늦게 도착했다. 조용히 내 자리를 찾아 들어가는데, 안내인이 바구니 돌리는 일을 막 끝내는 모습이 눈에 띄었다. 나는 약간 이상한 생각이 들었다. 우리 교회는 헌금을 직접 걷지 않고, 대신에 헌금함을 뒤쪽에 놓아 두기 때문이었다.

휴식 시간이 되었을 때, 안내를 맡은 포브스 링크혼 씨가 바구니를 들고 내 쪽으로 걸어왔다. 바구니 안에는 작은 종이 쪽지 세 개가 접힌 채로 들어 있었다.

"스콰이어 씨!"

그가 큰 소리로 나를 부르더니 바구니를 불쑥 내밀었다.

"당신은 아직 기도 파트너를 고르지 않았어요."

나는 당황한 표정으로 그를 바라보았다.

그가 말했다.

"우리는 지난 주에 목사님이 제안한 방법을 따르기로 했습니다. 오늘 우리는 신도들의 이름이 적힌 종이를 바구니에 넣고, 각자가 앞으로 일 주일 동안 기도할 사람을 뽑았습니다."

내가 망설이고 있는데 포브스 씨가 다시 한 번 바구니를 내게 내밀었다. 나는 이렇게 투덜거렸다.

"하지만 난 이미 두 명의 기도 파트너를 갖고 있어요. 벨과 브루스 레이놀즈가 그 사람들이라구요."

그는 미소를 지었지만, 여전히 바구니를 내밀고 있었다.

내가 중얼거리듯 말했다.

"아, 좋아요. 기도 파트너가 한둘 더 있어도 좋겠지요."

나는 바구니에 담긴 세 개의 종이 쪽지 중에서 하나를 꺼냈다. 그리고는 종이를 펴서 이름을 읽었다. 이럴 수가! 나는 벌어진 입을 다물 수가 없었다.

종이에 적을 수 있는 600명이 넘는 신도들의 이름 중에서 내가 고른 이름은 바로 '벨과 브루스 레이놀즈 부부'였다.

살면서 이런 일을 만날 때면 당신은 하늘을 올려다보며 "하느님, 장난도 잘 치시네요!" 하고 말하고 싶지 않은가? 이런 순간에 신은 그냥 윙크만 하는 것이 아니라, 얼굴 가득 미소를 짓고 있을 것이다.

책

어떤 물건을 애타게 찾고 있을 때, 한 순간의 윙크로 그것을 발견한 적은 없는가?

저명한 역사학자 토머스 플레밍은 2차 세계 대전의 영웅 에디 리켄바처에 대한 정보를 찾지 못해 애를 태운 이야기를 내게 들려 주었다. 플레밍은 무엇보다도 에디가 비행기에서 추락해 바다의 뗏목을 타고 살아난 일에 대해 알고 싶었다.

플레밍이 뉴욕 공립 도서관의 서가를 샅샅이 뒤지고 나서 마침내 포기하려는 순간이었다. 그의 손이 우연히 먼지로 뒤덮인 얇은 책을 책꽂이에서 꺼냈다. 그것은 그가 한 번도 들어본 적이 없는 남자, 곧 전쟁 때 바다에 추락한 어느 비행기 조종사가 쓴 책이었다.

그 비행기 조종사 겸 작가는 또다른 비행기 추락 사고를 당해 뗏목을 타고 살아남은 사람에 의해 구조되었다. 바로 에디 리켄바처가 그를 구한 것이다.

플레밍이 찾던 모든 이야기가 그곳에 있었다.

숫자들

숫자와 관련된 확률의 법칙에 도전할 때 우리는 신의 유머 감각을 다시 한 번 떠올리게 된다. 내 친구 고든 하이야트는 5와 4라는 숫자가 자신의 삶에서 끊임없이 나타난다고 내게 말한 적이 있다.

"난 웨스트모어랜드 45번지에서 어린 시절을 보냈고, 우리 가족과 늘 추수감사절을 함께 지내던 친구들은 홉킨스 플레이스 54번지에서 살았지. 아버지는 집에서 54마일 떨어진 메인 가 45번지에 있는 가게를 샀어."

1954년 하이야트는 전에 하던 공부를 걷어치우고, 진로를 완전히 바꿔 연예계로 뛰어들었다. 결국 그는 CBS 방송에 들어갔고, 방송국 서쪽 스튜디오에서 뉴스와 다큐멘터리 프로듀서로 일했다. 그런데 그 스튜디오는 바로 245번 가에 있었다.

날짜들

때로는 날짜가 우연히 일치하는 일도 일어난다. 노벨상을 받은 물리학자 스티븐 호킹은 〈시간의 역사〉라는 자신의 책에서 우주의 탄생에 대한 빅뱅 이론과 블랙홀 등에 대해 이야기하고 있다.

호킹 박사는 1942년 1월 8일에 태어났다. 그날은 세계 최초의 물리학자로 불릴 뿐 아니라, 망원경을 이용해 최초로 우주를 탐사한 갈릴레오가 죽은 지 300년이 되는 기념일이었다.

앞장에서 나는 아델피아 통신의 존 리거스에 대해 이야기했었다. 그에게는 2월 1일이 남다른 의미가 있는 날이다.

존은 웃으며 내게 말했다.

"2월 1일은 내가 군대를 제대한 날이고, 대학을 졸업한 날이고, 그리고 결혼식을 올린 날입니다. 당신의 '신의 윙크'에 대한 정의에 따른다면 2월 1일은 나에게 아주 좋은 날이지요."

인생 방향 표지판

모든 고속도로에는 크고 작은 도로 표지판이 서 있다. 그것들은 모두 의미를 갖고 있다. 당신은 크기에 따라서 도로 표지판을 받아들이거나 무시하지는 않을 것이다. 그렇지 않은가?

어떤 목적을 갖고서 당신이 가는 길에 세워져 있는 '당신만의'

작은 표지판들, 곧 신의 윙크를 절대로 무시하지 말라. 그것이 단순히 당신의 어깨를 툭 치고, 등을 두드려 주고, 가벼운 유머로 당신을 즐겁게 해주기 위한 윙크라 할지라도 말이다.

당신 할아버지의 윙크처럼 신의 윙크 역시 당신에게 이렇게 말하는 것이다.

"애야, 나는 지금 너를 생각하고 있단다."

책을 마치며

서서히, 신이 그의 눈을 사로잡았다.

맥코드

아메리칸 헤리티지 사전의 정의에 따르면 '우연의 일치'란 '우연한 일이지만 계획되거나 정해진 것처럼 보이는 일련의 사건들'이다. 이 정의는 '그렇다면 누가 계획하고 정해 놓았는가?'라는 의문을 교묘히 피해 가고 있다.

대부분의 사람들은 '그것은 바로 신이다'라고 대답할 것이다.

당신이 이 세상의 창조주를 무엇이라 부르든, 그는 단지 과거의 설계자가 아니라 지금도 우리의 삶을 설계하는 자이다.

우리의 삶에 대한 설계자가 있다면, 삶에서 우리의 역할은 도대체 무엇일까?

물론 방관자가 되어 자기 삶이 펼쳐지는 장면을 구경하는 것이 우리의 역할은 아닐 것이다. 우리는 우리의 미래와 운명을 만들어갈 수 있으며, 신의 윙크는 그런 우리의 선택이 옳다는 것을 알려 준다. 우리가 다양한 선택을 하고, 하루하루를 살아가고, 과거로부터 배울 때, 우주는 윙크를 통해 우리를 격려한다. 이런 윙크 덕분에 우리는 계속 나아가고, 희망을 잃지 않고, 열정을 다해 살아갈 수 있다.

때로는 삶을 이해하기 힘들지만 우리들 각자는 그런 삶 속에서 해야 할 역할을 갖고 있다. 우리는 우리의 꿈을 이루기 위해 열심히 노력하고, 아울러 날마다 신이 우리 앞에 나타난다는 것을 잊지 말아야 한다. 그것이 우리의 운명이다.

당신에게 특별한 행운이 찾아온 순간 우연이 함께 일어난다면, 이제부터는 이렇게 말하기를 바란다.

"아무래도 이상해. 혹시 신의 윙크가 아닐까?"

아마도 그 생각이 맞을 것이다.

독자에게

나는 당신의 이야기를 사람들과 나누고 싶습니다. 당신이 학교나 교회에서, 직장에서, 또는 생의 중요한 갈림길에서 받은 신의 윙크에 대한 이야기를 보내 주시기 바랍니다. 그것들은 당신 자신뿐 아니라 다른 사람들의 삶과 성장과 배움에 큰 영감을 불어넣어 줄 것입니다. 주소는 아래와 같습니다.

whengodwinks.com

P.O. Box 690531, Quincy, Massachusetts 02269-9903,3 USA